AF200516

Lothar Schenk wurde 1954 im Münsterland geboren und lebt in Südthüringen.

Lothar Schenk

Der Emil und das Herbstlicht über Südtirol

Südtirolkrimi

Books on Demand

Weitere Informationen über den Autor und seine Bücher finden Sie auf seiner Website
<u>lotharschenk.jimdo.com</u>

© 2019 Lothar Schenk

Herstellung und Verlag:
BoD – Books on Demand, Norderstedt
ISBN: 978-3-7504-2973-4

Prolog

Das Herbstlicht über Südtirol hat schon viele fasziniert. Da liegen die pittoresken Orte am Hang in der Sonne und der Wanderer nähert sich ihnen mit dem wohligen Gefühl von Daheim sein. Während beschaulicher Waalwegwanderungen(Wege entlang der alten Bewässerungskanäle) durch Obst- und Weingärten begleiten den Wanderer die Lichtspiele mit bunten Blättern sowie die herbstlichen Momentaufnahmen von der sanft leuchtenden Landschaft. Weichgezeichnete Konturen von Häusern und Orten. Lichtbilder. Herbstgeschichten. Und so hat es auch den Emil wieder nach Südtirol verschlagen. Herbsturlaub.

Es gibt ja viele die den Glauben an die Realität bereits verloren haben. So wie der Emil. Der Emil ist ein Landstreicher in der Alltagswelt. Er sucht und findet Geschichten die irgendwo herumliegen. Unbeachtet. Scheinbar harmlos. Scheinbar zusammenhanglos. Scheinbar ohne jede Bedeutung. Der Emil ist Journalist, schreibt für eine Zeitung. Geschichtenerzähler. Und so kommt es, dass ihn seine Phantasie, und von der hat er reichlich, manchmal urplötzlich mitten hinein wirft in die unfassbaren Abgründe des Phantastischen. Und dann kann keiner mehr behaupten: Alles nur Menschlich.

Es ist heutzutage nicht einfach für eine Zeitung zu schreiben. Die wenigen Lichtblicke um das Alltägliche, die News, sind oft zu profan um bewertet zu werden. Wie ein Jagdhund hechelt der Reporter der Beute hinterher um am Ende keine Geschichte sondern nur NEWS und eine STORY zu haben. Dabei steckt oft viel mehr dahinter...

Der Emil hat die Midlifekrisis schon lange hinter sich gelassen und nähert sich immer schneller der magischen Zahl 60. Die Frage ob er für etwas schon zu alt ist hat er sich in letzter Zeit häufiger gestellt. Doch wirklich eine Antwort konnte oder wollte er sich auf diese scheinbar im Raum schwebende Frage nie wirklich geben. Körperlich zeigt sich bei ihm noch kein spürbarer Verschleiß und die Psyche hat sich ebenfalls noch nicht zu Wort gemeldet. Alles ist gut. Für seinen Herbsturlaub hat er sich wieder in der kleinen Pension in Vilpian einquartiert. Hier kennt der Emil seit Jahren die Inhaber und irgendwie verspürt er hier jedesmal wieder das wohlige Gefühl von Nähe und Ankommen. Man spricht sich immer noch mit Sie an, aber unterschwellig meint man ein Du.

Die Chefin der Pension ist fast 80, das spürt man aber nicht, und mit ihrer erfrischenden Südtiroler Art und mit dem Schwung einer Mittvierzigerin verwöhnt sie jeden Morgen ihre Gäste mit Frühstücksköstlichkeiten, und von denen gibt es ja in Südtirol reichlich. Da wären die Mortadella, der Bergkäse, der Speck, zu nennen und und und, und jeden Morgen serviert sie ihren Gästen zum Frühstück auch ihren selbst-gebackenen Kuchen.

Emil beobachtet unauffällig die anderen Gäste. Einige kennt er oberflächlich noch von seinen früheren Urlauben, die meisten aber sind fremd. Wie jemand frühstückt verrät schon einiges über ihn. Nehmen wir das ältere Ehepaar am Nebentisch. Sie legt sich zwei von den großen Mortadellascheiben auf ein Brot und beißt dann vom Rand her hinein. Er schneidet das Brot in kleine Stücke und belegt diese mit Bergkäse den er vorher ebenfalls in kleine Stücke geschnitten hat. Dann führt er die kleinen Brotstücke immer wieder zum Mund und beißt hinein. Ganz zum Schluss ihres Frühstücks köpfen beide fast gleichzeitig das Frühstücksei mit dem Messer und löffeln es, mit nur einer kleinen Prise Salz darüber, aus.

Der Emil sitzt gern in seiner Stammecke. Von hier hat er den ganzen Frühstücksraum im Blick. Er löffelt sein Frühstücksei auch zum Schluss des Frühstücks, allerdings hat er sein Ei nicht mit dem Messer geköpft sondern mit dem Löffel oben die Schale aufgeklopft, und ebenfalls mit wenig Salz.

Am Nachbartisch frühstücken eine jüngere Frau mit ihrem behinderten Sohn. Der Sohn sitzt im Rollstuhl und braucht beim Essen immer wieder ihre Hilfe. Offenbar leidet er an einer Muskelerkrankung. Der Emil beobachtet die beiden unauffällig, was aber nicht unbemerkt bleibt. Sie wirft einen fast verlegenen freundlichen Blick zurück und der Emil lächelt kurz. Kurzfilm.

Der Frühstücksraum könnte auch zu einer Seniorenresidenz gehören denn die überwiegende Zahl der Frühstücksgäste hat die 60 schon deutlich überschritten. Aber die Stimmung ist heiter und fast alle planen für den Tag nach dem Frühstück längere Wandertouren.

Vom Frühstücksraum gelangt man durch eine Glastür auf einen langen Balkon mit einigen Sitzgruppen. Der Balkon ist vom Boden her nur unwesentlich höher als der vorgelagerte zur Straße hin liegende Garten, den man seitlich durch ein Türchen über eine dreistufige Treppe erreicht.

Bei der Glastür zum Balkon stehen im Frühstücksraum ein älteres Ehepaar aus München im Gespräch mit der Chefin. Sie, also nicht die Pensionschefin sondern die Frau aus München, hat eine Gesichtsform die etwas an einen Vogel erinnert, neugierige lauernde Augen, spitze Nase und beim Sprechen den auffällig gespitzen Mund und dabei spricht sie sehr schnell und schluckt die Worte dabei so runter, als befürchte sie, sie könnte beim Sprechen vielleicht ihre obere Zahnprothese verschlucken. Ihr Mann scheint eher der schweigsame gemütliche Zuhörer zu sein, ab und zu nickt er wohlwollend. Das Gespräch dreht sich um eine Bergwanderung nach Mölten. Zuerst nimmt man in Vilpian von der Bergbahnstation mit Gaststätte die Seilbahn Richtung Bergstation und von dort geht eine schmale kaum befahrene Straße Richtung Bergort Mölten. Die Straße ist nicht zu steil und auch für ungeübte Wanderer gut geeignet. Möglich-keiten zum Einkehren gibt es in Mölten und wenn man möchte kann man dort auch Europas höchst gelegene Sektkellerei(auf 1200 m gelegen) besichtigen. Der Panoramablick auf das Etschtal während der Seilbahnfahrt und die einheimische Küche in einem Möltener Wirtshaus belohnen den Wanderer.

Die anderen Frühstücksgäste sind auch in Aufbruchstimmung. Da wären die Beate und der David aus Herten zu nennen. Beide haben ebenfalls ihr Frühstücksei zum Schluss mit dem Messer geköpft und dann mit viel Salz gelöffelt. Einen Hund haben sie auch dabei. Der Dackel scheint überfüttert zu sein, denn sein Bauch berührt im Stehen fast den Boden. Paul heißt der Dackel und ist eher, kein Bellen, keine

Unruhe, von der ruhigen Sorte.
Bereits im Türrahmen vom
Frühstücksraum stehen der Friedrich
und die Christine aus Erding. Ihre
Rucksäcke und Wanderstecken haben
sie bereits in den Flur neben die
Haustür gestellt. Zwei drahtige
Bergwanderer die über Mölten zum
Möltner Joch und weiter zur Möltner
Kaser, einer Almhütte mit
Bewirtung, und dann weiter zu den
Stoanernen Mandln(auf einem Gipfel
stehen viele Steinpyramiden die
Hirten errichtet haben sollen)
wandern wollen.
Horst und Helmut fehlen noch, ein
schwules Paar aus Nürnberg die auch
schon seit Jahren in der Pension
Stammgäste sind. Die Beiden haben
einen Ausflug nach Bozen geplant.
Beide sind ausgesprochene
Weinliebhaber und möchten in der
Klosterkellerei Muri Gries Wein
verkosten und dann natürlich auch
welchen kaufen. Besonders
erwähnenswert wäre der Lagrein
Riserva.
Die Hannelore plant mit ihrem
behinderten Sohn Sven einen
Stadtbummel in Meran. Sie sind mit
einem Mercedesbus angereist in dem
sie mit dem großen Elektrorollstuhl
und dem kleineren E-Rolli gut Platz

haben.

Der Emil hat auch seinen Hund mitgebracht, genauer gesagt Hündin, einen schwarzen Border Colli. Der schlaue Hund liegt unter dem Tisch und beobachtet die Frühstücksgäste. Für den weiteren Tag ist eine Waalwegwanderung(Marlinger Waalweg)von Lana nach Meran geplant. Nach dem Frühstück, nach einem Schwätzchen mit dem Hausherrn, ach ja, wie heißen die Pensionswirte: die Johanna und der Erich, also mit dem Erich hält der Emil noch ein Schwätzchen, bevor er dann mit seinem alten A 3 mit Jacqueline, so heißt seine Hündin, meist nennt er sie Jacky, nach Lana fährt, und jetzt kann´s losgehen.

1

Der Emil geht den Waalweg mit der Jacky ja in umgekehrter Richtung, sie gehen von Lana nach Meran, und nicht vom eigentlichen Ausgangspunkt Töll (Gemeinde Partschins) über Algund und weiter Richtung Marling (unterhalb liegt Meran) mit Blick hinein ins Passeiertal mit den schneebedeckten Spitzen des Ifinger und des Hirzer und von Marling dann weiter durch die Weinberge bei Tscherms, Schloss Lebenberg, bis zum Eingang ins Ultental und weiter bis Lana, sie gehen also von Lana bis Marling und von Marling bergab bis Meran, Ziel sind die Gärten von Schloss Trauttmansdorff, und von Meran fahren sie dann später mit dem Bus zurück nach Lana, und da begegnen ihnen unterwegs natürlich viele Wanderer mit Hunden wo die Jacky eine Menge neue Freunde treffen und begrüßen kann. Es ist Anfang Oktober, die Sonne strahlt, und die herbstlichen Ausblicke über das Etschtal, das Meraner Becken, die

Weinberge bei Tscherms und mittendrin Schloss Lebenberg, verzaubern mit ihren südlichen Bildern den Wanderer. Bei Tscherms kehren sie im Haidenhof (Buschenschank/ Gasthof/Weingut) ein. Für die Jacky gibt es eine Schüssel mit Wasser und ein paar Leckerlie vom Emil und der Emil gönnt sich eine Speckplatte mit einem Gläschen Blauburgunder aus dem Weingut. Danach wird Schloss Lebenberg besichtigt aber die Jacky muss leider draußen warten. Bereits Schloß Lebenberg, eingebettet in Weinberge, umringt von Zypressen, vermittelt dem Betrachter das mediterrane Bild das die Landschaft inzwischen bietet und dann später Meran mit seinen Palmen an der Passeierpromenade und die Gärten von Schloss Trauttmansdorff vervollständigen das Mittelmeer-gefühl. Hier gedeiht Italiens nördlichster Olivenhain und rote Kaktusfeigen und Zitronen reifen. Nach einem ausgiebigen Spaziergang durch die Schlossgärten wandern sie zum Meraner Bahnhof und von dort fahren sie mit dem Bus zurück nach Lana wo ja das Auto steht. Es ist Spätnachmittag als der Emil mit der

Jacky wieder in Vilpian auf dem Pensionsparkplatz eintrifft. Dort werden sie vom Hausherren begrüßt der den Emil auf ein Gläschen Roten einlädt.

Und jetzt pass auf was der Erich weiss. „Am Möltner Kaser ist jemand tot umgefallen. Sie sind draußen auf der Bank gesessen und haben Brotzeit gemacht und dann hat er noch sein Glasl Roten getrunken und danach muss er wohl tot von der Bank gefallen sein. Andere Gäste haben gleich mit Wiederbelebungs- versuchen begonnen. Ein Arzt war auch unter den Gästen und der hat ihn dann wohl noch reanimieren können bis der Hubschrauber gelandet ist und der hat ihn dann auch mitgenommen und im Krankenhaus Bozen hat man dann nur noch den Tod feststellen können." Der Erich lächelt: „Vielleicht war der Wein nicht mehr gut." Und da hat sich im Kopf vom Emil schon die neue Geschichte gebildet, denn was wenn der Wein wirklich nicht gut, wenn er vergiftet war. In der Zeitung stand zwar natürlicher Tod aber was wenn...

Es gibt ja nichts Aufregenderes für

einen Hund als ein frisch gefüllter Fressnapf und den hat der Emil der Jacky auf der Dachterrasse gerade in einer Ecke, daneben der volle Wassernapf, hingestellt. Der Erich nippt noch an seinem Roten und der Emil hat schon ausgetrunken. Der Erich geht rein und holt Nachschub, eine Flasche Kalterer mit Schraubverschluss. Es ist doch immer wieder interessant der Jacky beim Fressen zuzuschauen, wie das Fressen so aussieht als würde sie das Futter regelrecht einatmen, wie ein kräftiger Staubsauger saugt sie ihren Futternapf leer. Danach legt sie sich in eine Ecke der Terrasse und macht ein kleines Nickerchen. Der Erich hat Emils Glas wieder aufgefüllt und dem Emil schwirrt die Geschichte von der Möltner Kaser Alm im Kopf. Dann öffnet sich die Terrassentür. Die Christine und der Friedrich sind von ihrer Bergtour zurück. „Hallo!" „Wie war eure Tour?" „Nicht so anstrengend wie wir gedacht hatten" antwortet der Friedrich dem Erich und dann holt der Erich Gläser und will den Beiden einen Roten eingießen aber nur die Christine möchte, der Friedrich holt sich lieber ein Bier aus dem Kühlschrank und dann gibt es noch viel zu berichten von der Bergwanderung und der Emil hört aufmerksam zu denn sein Entschluss steht jetzt schon fest: „Morgen werde ich mit der Jacky die gleiche Tour machen die Ihr heute gewandert seid." „Haben wir Dich angesteckt" fragt die Christine und der Emil möchte am liebsten gleich auf den mysteriösen Todesfall an der Möltner Kaser zu sprechen kommen, aber das verkneift er sich dann doch, denn da muss man natürlich selbst mal nachschauen und sich selbst ein Bild machen, und vorher nichts verraten, denkt der echte Sherlock. Also hört er intensiv weiter den Beschreibungen der Beiden zu und stellt sich die Tour vor seinem inneren Auge schon einmal vor. Und langsam kommen auch die meisten anderen Pensionsgäste zurück und auf die Terrasse und der Erich holt für sie Gläser und weitere Flaschen Rotwein. In der Küche neben dem Frühstücksraum stehen die Rotweinflaschen, Kalterer See mit Schraubverschluss, Halbliter- und Literflaschen neben Mineralwasser und Apfelsaft, für die Gäste. Die

Menge des Verzehrs wird in einem Buch notiert und bei der Abreise mit abgerechnet. Die Jacky hat inzwischen aus ihrer Ecke unter den langen Tisch an dem der Erich und der Emil und die Christine und der Friedrich sitzen gewechselt und beobachtet die Gäste an den anderen Tischen. „Die Tour zur Möltner Kaser und dann weiter oberhalb zu den Stoanernen Mandln hatte was absolut Magisches. Wenn man bedenkt wer die Stoanernen Mandln in der Vergangenheit schon als Aussichts-berg und als Kultort genutzt hat. Es geht los in der Steinzeit, es gibt Steinritzungen die belegen sollen das damals bereits Menschen diesen Ort kultisch genutzt haben, oder die Kelten, die sollen dort auch gewesen sein, und nicht zuletzt die Hirten oder die Bacher Zottl(Zottl heißt in Südtirol Hexe) und andere Hexen sollen hier Teufelsbeschwörungen und andere Hexereien vollzogen haben." „Da gib ich Dir Recht Christine, der Möltner Kaser und die Stoanernen Mandln haben etwas Magisches, und morgen wird wohl der Emil mit der Jacky auch da hoch wandern. Habe ich Recht Emil?" Und während er die

Frage stellt füllt der Erich auch gleich wieder die Weingläser mit Kalterer. Und dann kommt die Cheffin und begrüßt die Gäste. Ein ernster Blick in Richtung ihres Mannes veranlasst diesen aufzustehen und mit ihr die Terrasse wieder zu verlassen. Die Zeit rennt und es wird ja im Oktober schon relativ früh dunkel. Zeit über das Abendessen nachzudenken. Einige Gäste sind bereits gegangen und fahren zum Essen in Nachbarorte. Der Emil bleibt in Vilpian und geht mit der Jacky zum Waldinger, ein Gasthof der vor zwanzig Jahren schon einmal zwei Michelin Sterne hatte. Das ist lange her doch die Küche ist auch ohne Michelin Stern unter den neuen Besitzern immer noch ausgezeichnet, besonders die Fischgerichte sind sehr zu empfehlen.

2

Es gibt ja einiges das musst du wissen über den Emil und die Jacky. Jetzt pass auf. Der Emil hat schon früher bei der Lösung von mysteriösen Kriminalfällen in Südtirol mitgeholfen. Damals hat er die Jacky noch nicht gehabt. Da ist er immer mit dem schlauen Hund von der Daisy und ihrem Mann, beides Lehrer aus Essen, dem Jacko, unterwegs auf Spurensuche gewesen. Daher kennt der Emil in Bozen auch den Commissario Sanin und mit dem hat er damals den Joe und die Contessa di Montrivali in der alten Villa in Meran zur Strecke gebracht. Nun wer sind der Joe und die Gräfin? Der Joe ist Arzt genauer gesagt Psychiater und die Gräfin besitzt ein großes Gut in den Abruzzen unweit Pescara. Und dann natürlich die Frage was die beiden veranstaltet haben dass es den Commissario und später die Richter auf den Plan gerufen hat und die Richter haben nämlich beide für lange Zeit in den Knast gesteckt. Der Joe hat bei schwarzmagischen Pornoorgien in der Villa in Meran mehrere junge Frauen spurlos verschwinden lassen und die Gräfin, eine schwarzmagische Hexe, hat bei den Ritualmorden geholfen. Ein reiner Indizienprozess war das dann, denn die Opfer wurden bis heute nicht gefunden. Nun hat der Emil einen Verdacht: Die Beiden könnten nach fünfzehn Jahren wieder auf freiem Fuß sein und erneut in Südtirol ihr Unwesen treiben, denk nur der Tote am Möltner Kaser, vielleicht Giftmord mit vergiftetem Wein. Und es gibt noch mehr Ereignisse zum Emil zu berichten. Der Emil hat in einem süditalienischen Bergdorf und in Bibione wegen mysteriöser Vorfälle und auch wieder Toten recherchiert und da ist er in Kontakt mit Außerirdischen gekommen, den nanokleinen Veganossi, und die sind wie der Name schon sagt mikroskopisch klein und dringen in die Gehirne von Menschen und Tieren ein die dann plötzlich unglaubliche Fähigkeiten haben: Hunde können sprechen, sogar mehrere Fremdsprachen, Menschen können plötzlich Fremsprachen sprechen die sie nie gelernt haben, Menschen und Tiere können sich beliebig verkleinern und in die Gehirne anderer Menschen und Tiere eindringen, frisch beerdigte stehen wieder auf, Krankheiten werden geheilt und und und, und da denkt der Emil schon manchmal was wäre wenn jetzt die nanokleinen Veganossi zurückkehren würden... Das nur zur kurzen Information über den Emil und die Jacky und jetzt nach dem üppigen Frühstück in der Pension geht´s los zur Möltner Kaser und weiter zum Gipfel dem magischen Platz mit den Stoanernen Mandln. Dazu musst du den Tschögglberg besteigen ein Quarzporphyr Rücken vulkanischen Ursprungs(Bozner Quarzporphyr) der direkt hinter Vilpian aufragt und sich von Bozen im Süden bis Meran im Norden zieht. Seine Gestalt hat er durch eiszeitliche Gletscher- tätigkeit erhalten. Er begrenzt an einer Seite das Etschtal als Teil der Sarntaler Alpen und erstreckt sich oben als Hochebene mit Wäldern und Wiesen mit den Gemeinden Jenesien, Mölten, Vöran und Hafling. Die Gemeinden liegen auf dem Hochplateau zwischen 1100 und 1500 Meter. Die Tschögglberg- gemeinden sind vom Tal durch Straßen erschlossen und auch durch

Straßen miteinander verbunden. Vom Tal gehen drei Seilbahnen(Vilpian-Mölten, Burgstall-Vöran, Bozen-Jenesien) auf den Tschögglberg. Der Emil nimmt mit der Jacky die Seilbahn von Vilpian nach Mölten und von der Bergstation führt eine schmale Straße immer bergauf bis in den Ort Mölten und am Ortsausgang geht dann ein steiler schmaler steiniger Weg weiter bergauf und dann über Wiesen und durch den Wald immer bergauf bis zum Möltener Joch einer Hochebene auf ca. 1700 Meter und von dort weiter bis zur Almhütte Möltner Kaser(1806 m). Der Weg ist das Ziel und das gilt ganz besonders für eine Herbstwanderung zum Möltner Kaser. Die Farben der Bäume und Sträucher , zum Beispiel das üppige Gelb der Nadeln der Lärchen auf dem Möltner Joch, und der Duft von warmer Erde in der Sonne und die strahlt den ganzen Tag betören die Sinne des Bergwanderers. Auch den Hund lässt der Emil hier oben frei laufen was allerdings in Italien überhaupt nicht gerne gesehen wird. Am Möltner Kaser ist reichlich Betrieb auch der Hund hängt wieder an der Leine und bekommt eine Schüssel mit Wasser dazu etwas Trockenfutter in seinen Napf den der Emil im Rucksack mitgebracht hat. Die Jacky wirkt noch putzmunter im Gegensatz zum Emil der sich so fühlt als habe er den Mount Everest bestiegen. Der Emil kommt ja aus Essen und da fällt einem das Bergwandern schon schwerer als einem trainierten Oberbayern. Der Emil bestellt sich ein Speckbrettl und dazu ein Glas Rotwein. Den gibt es hier in kleinen 0,25iger Fläschchen. Auf den ersten Blick, von einigen Gästen abgesehen, kann der Emil hier nichts Auffälliges entdecken. Und jetzt pass auf was passiert. Vor der Almhütte sind Tische mit Bänken und die sind fast alle besetzt. Am Ende der Tisch- und Bankreihen sitzt eine ältere Frau mit einem älteren Mann, vermutlich ein älteres Ehepaar, beide wechseln kaum ein Wort, auch der Gesichtsausdruck ist bei beiden unfreundlich, und sie sitzen alleine an einem Tisch, ach ja unterm Tisch sitzt bei ihnen noch jemand: ein schon teilweise grauhaariger alter Dackel mit einem Maulkorb, offensichtlich trägt er den auch nicht ohne Grund. Sie trinkt, ein kleines Fläschchen, Apfelsaft, er trinkt, ein kleines

Fläschchen, Rotwein, und während andere Gäste die almtypischen Köstlichkeiten schlemmen und den strahlenden Sonnenschein draußen auf der Bank genießen, essen die beiden im Rucksack mitgebrachte Brote, vom Dialekt her Münsterland, das hört der Emil aus Essen genau heraus. Und während die Münsterländer so vor sich hinknausern und kaum ein Wort wechseln, beim Sprechen knausern sie also auch, und der Dackel knurrt unterm Tisch, wahrscheinlich weil er kein Wasser hat, fängt er, also nicht der Dackel, plötzlich an zu zittern. Und dann springt er von der Bank auf und rennt an die Mauer der Hütte, übergibt sich im Schwall, und danach fällt er um. Die Reaktion der anderen Gäste: Zwischen Neugierde Ekel Hilfsbereitschaft und die Hilfsbereitschaft lässt einige Gäste aufspringen und zum Münsterländer hinrennen und der liegt da, ist voll Kotze, bewußtlos, aber der Puls ist noch tastbar, aber er rast, und er atmet noch, das hat der Emil auch festgestellt der ist nämlich auch sofort hingerannt. Inzwischen hat sich eine Frau als Krankenschwester zu erkennen gegeben, Ärztin oder Arzt ist keiner unter den Helfern und die Bedienung sagt sie habe schon die Rettung verständigt. Der Mann wird von der Krankenschwester unter Mithilfe einer anderen Frau fachlich versiert auf die Seite gelagert, obwohl das ja eigentlich jeder können sollte der für seinen Führerschein einen Erste Hilfe Kurs besucht hat, aus der Almhütte bringt jemand ein Kissen und eine Decke, und nach gefühlten fünfzehn Minuten ist der Rettungshubschrauber gelandet. Der Mann ist immer noch bewußtlos, der Notarzt legt dem Mann einen venösen Zugang intubiert ihn nachdem er ihm Medikamente gespritzt hat und dann wird der Mann mit der Trage zum Hubschrauber gebracht und kurze Zeit später starten sie wieder. Die Münsterländerin heult und sitzt da ganz verloren mit ihrem Maulkorbdackel der dauernd bellt und an der Leine zerrt. Einige Gäste versuchen sie zu trösten und die Cheffin der Alm sagt sie habe einen Bekannten gebeten sie, also die Münsterländerin nebst Dackel, mit dem Auto ins Tal und zum Hotel zu bringen. Bei der Scheune stehen tatsächlich drei Autos. Offenbar ist der Forstweg mit dem PKW gut befahrbar. Und auch die Mountainbiker sind wieder in Scharen vertreten und da fällt dem Emil gleich das Lied vom Georg Ringsgwandl ein:

„Aeh, schau, da kommt der Mikel,
mit seinem geilen Mountainbikel.
Neonbunt erscheint er uns gekleidet,
vogelwild er durch die Schluchten ridet.
Mountainbike fahrn, Gleitschirm fliagn,
hoasse Weiba umanandaziagn, alright.
Bunte Turnschuh, auftrainierte Wadl,
Berg, bleib steh, er kimmt mi'n Superradl.
Verschuldung, Dritte Welt, was soll der Schmarrn,
der Mikel muss Gelaendebikel fahrn.
Die Alte dort, die find't er Spitze,
der glangt er im Vorbeifahrn an die Zitze.
Da ist er gaggerlfidel, gaggerlfidel.
Wem gilt seine Liebe, wem?
Dem Mountainbike, extrem!
Da ist er gaggerlfidel,

gaggerlfidel.

Letzthin ist in Partenkirchen einer
mit dem Gleitschirm
in   ein   Lebensmittelgeschaeft
hineingeflogen, mitten ins
Sonderangebot,   klirr: Die
Verkaeuferin hat gesagt, die
Zwetschgen muss er zahlen, aber
sonst ist alles: Easy!
Kein Wald so hang, kein Steil so
dicht,
dass   der   Mikel   da   nicht
durchebricht.
Bub, hoer zu, das ist fuer dein
Gedaechtnis,
das was ich dir jetzt sag, ist mein
Vermaechtnis:
vom Geistigen, da darfst du eine
Niet sein,
aber koerperlich, da solltest du
schon fit sein.
Dann   bist   du   gaggerlfidel,
gaggerlfidel.
Wem gilt seine Liebe, wem?
Dem Gleitschirmfliagn, extrem!
Da   ist   er   gaggerlfidel,
gaggerlfidel."(Text   und   Musik:
Georg Ringsgwandl, 1988)
Der Emil hat bezahlt und jetzt will
er mit der Jacky auf den Gipfel zu
den Stoanernen Mandeln. Er muss
zwar immer wieder den Mountaibikern
ausweichen aber das kann das

Berggefühl nur unwesentlich trüben auch wenn es lästig ist das selbst auf den entlegensten Wegen, besser Steigen, sich noch die Mountainbiker tummeln. Und dann sind die Stoanernen Mandeln erreicht. Von hier oben hat man einen gigantischen Panoramablick in die Dolomiten. Und die Sonne strahlt und das garantiert die alpine Fernsicht. Und jetzt pass auf was der Emil hier entdeckt. Während er die Steinpyramiden begutachtet entdeckt er auf einer Steinplatte am Boden eine Ritzzeichnung. Und was stellt diese Zeichnung dar: Das Wappen der Contessa di Montrivali! Und jetzt kann´s losgehen...

3

Der Rückweg von der Möltner Kaser Alm ging schneller als gedacht und so sind der Emil und die Jacky schon um drei wieder an der Seilbahnstation Mölten nach Vilpian. Etwa halb vier sitzen sie dann wieder mit dem Erich auf der Dachterrasse und der Erich hat natürlich schon wieder die Gläser und den Rotwein gebracht und die Jacky hat ihren Wasser- und ihren frisch gefüllten Fressnapf den sie genüsslich mit lautem Schlabbern inhaliert. „Und wie war´s an der Möltner Kaser, war viel los?" „Ja Erich", inzwischen sagen beide Du zueinander, „es war viel los, viele Wanderer, viele Mountainbiker und wieder ein Notfall mit Hubschraubereinsatz". „Wieder ein Toter?" „Nein, diesmal hat er noch gelebt, aber bewußtlos war er, der Notarzt hat ihn intubiert und einen venösen Zugang gelegt und Medikamente gespritzt bevor sie ihn mit der Trage in den Hubschrauber geschoben haben, ein älterer Mann aus dem Münsterland, er saß mit seiner Frau und einem alten Dackel mit Maulkorb vor der Möltner Kaser. Urplötzlich sprang er auf und musste brechen und dann fiel er bewusstlos um." „Ja Emil da hast Du mal die Südtiroler Bergrettung im Einsatz erlebt. Und was war dann mit der Frau und dem Dackel?" „Die hat eine Bekannte der Almcheffin mit dem Auto zurück zum Hotel oder direkt zur Klinik nach Bozen gefahren." „Das war ja für Euch eine aufregende Wandertour. Irgendwie kann man ja kaum noch an Zufall glauben dass an der Möltner Kaser so kurz hintereinander die Leute umfallen. Hat er denn auch Wein getrunken?" „Ja einen Roten, und die Brotzeit hatten sie selbst im Rucksack mitgebracht." „Dann scheint der Rote den älteren Wanderern bei der Möltner Kaser nicht immer gut zu tun. Jetzt sagen wir erst mal Prost." „Prost Erich, es war trotzdem eine sehr schöne Bergtour. Und der Dolomitenblick bei den Stoanernen Mandeln ist ja fantastisch."

Und jetzt pass auf was der Erich organisiert hat. Der Erich arbeitet doch nebenbei noch als Reiseführer und da hat er übermorgen eine Bustour durch die Dolomiten mit

anschließender umfangreicher Wein-
kellerbesichtigung und da sind noch
einige Plätze frei, also wer mit
will braucht es nur dem Erich zu
sagen, und da werden bestimmt
etliche mitwollen. Besichtigt wird
am Ende der Bustour die
Weinkellerei „Erste+Neue" in
Kaltern, mit Essen und Weinprobe.
Die Hunde kann man mitnehmen, und
da meldet sich der Emil doch gleich
beim Erich an und darauf nochmal:
Prost!
Die Beate und der David aus Herten
kommen auch gerade auf die
Dachterrasse. Paul der Dackel
scheint müde zu sein, nimmt von der
Jacky keine Notiz und legt sich in
die hinterletzte Ecke der Terrasse.
Sein Bauch scheint noch dicker
geworden zu sein und im seitlichen
Liegen steht er deutlich ab.
Dann kommen auch Friedrich und die
Christine aus Erding und nehmen am
Tisch von Beate und David Platz.
Der Erich steht schon auf und will
für die vier Gläser und Rotwein
holen aber alle winken ab. „Wir
sind ja heute von Burgstall erst
zum Wieslerhof, da haben wir Mittag
gemacht, Speckknödel mit Blutwurst
und Kraut, dazu haben wir einen
herrlichen Rotwein aus eigener

Produktion getrunken, aus dem Eichenfass, und dann sind wir hinter dem Hof weiter den Steig Richtung Vöran gewandert, und immer bergauf und dann immer weiter bis zur Vöraner Alm." „Und, Friedrich, ist da auch jemand umgefallen." „Du wirst es nicht glauben Erich, kaum haben wir uns auf der Terrasse hingesetzt steht ein älterer Mann auf und fällt neben der Bank bewußtlos um. Mit dem Mountainbike war auch ein Arzt oben und der ist gleich hingerannt und hat Erste Hilfe geleistet, aber der Mann blieb bewußtlos. Er war mit einer ganzen Gruppe unterwegs. Der Arzt hat dann den Rettungshubschrauber gerufen und der ist auch nach cirka fünfzehn Minuten in der Nähe der Alm gelandet und die haben den Mann dann weiter versorgt und mit der Trage in den Hubschrauber geschoben und nach Bozen in die Klinik geflogen." „Hat der Mann einen Wein getrunken", fragt der Emil gleich ganz interessiert, und der Friedrich: „Die haben Bier und Wein getrunken, wahrscheinlich hat er einen Roten getrunken, warum?" „Weil ich heute zur Möltner Kaser Alm gewandert bin und da ist auch ein Mann nachdem er

Rotwein getrunken hat bewußtlos umgefallen und dann mit dem Rettungshubschrauber abgeholt worden." „Ja Friedrich, der Rote auf der Alm ist gefährlich, trink lieber einen hier auf der Terrasse," und der Erich lächelt dabei verschmitzt. „Jetzt kannst Du uns doch einen bringen." „Christine Beate und David ihr auch?" „Ja Erich bring Gläser und Wein, wir auch alle."

Inzwischen kommen auch fast alle restlichen Pensionsgäste auf die Dachterrasse. Horst und Helmut aus Nürnberg haben wieder einen Weinkeller besucht. Vorher waren sie in Pinzon und haben den Hans Klocker Flügelaltar in der Kirche St. Stephan besichtigt: „Der Pfarrer hat gemeint wir sollten nur kräftig spenden. In Italien gibt es keine Kirchensteuer. Wir haben dann zwanzig Euro gegeben. Eigentlich zuviel für die kurze Besichtigung. Und dann sind uns an der Scheune im Ort die Gemälde aufgefallen. Menschen mit Affenschwänzen, Adam und Eva und ganz außen einige Männer unter einem Baum die sich lustig zuprosten. Wir haben dann Einheimische gefragt was die ungewöhnliche Malerei zu bedeuten hat und die haben uns von Johann Tiefenthaler erzählt, der in Pinzon geboren wurde und eigentlich Maler werden wollte aber dann das elterliche Weingut übernehmen musste und später den Turmhof in Entiklar von einem Vetter gekauft hat. Er war ein tüchtiger Gutsbesitzer und Weinhändler und hat nicht nur in Pinzon seine Gebäude sondern auch in Entiklar den Turmhof mit fantasiereichen Gemälden verziert. Wir sind natürlich auch nach Entiklar zum Turmhof gefahren, der von Nachfahren Johann Tiefenthalers, den Tiefenbrunner geführt wird, und beim Turmhof hat Johann Tiefenthaler einen Märchenpark gestaltet. Bevor wir uns ihrem köstlichen Wein gewidmet haben haben für uns die Besitzer vom Turmhof Weingut eine kleine Führung angeboten. Wir haben danach einige Weine probiert und gleich einige Kartons mitgenommen." „Da habt ihr ja gleich Südtirols interessantesten Winzer kennen-gelernt, Horst." „Ja Erich, das war wirklich ein sehr interessanter Ausflug, die Gemälder und der Gnomengarten und besonders der Wein." Die Hannelore kommt zuletzt

und hat Schwierigkeiten den Sven mit seinem kleinen Rollstuhl über die Türschwelle zur Terrasse zu schieben aber da eilen gleich hilfreiche Hände herbei und schon ist es geschafft. „Hannelore möchtest Du auch einen Roten?" „Ja gerne Erich(inzwischen hat der Erich allen das Du angeboten) und für den Sven bitte einen Apfelsaft mit Strohalm." „Wird sofort erledigt." „Horst und Helmut auch einen Roten?" „Ja gerne Erich!"
Es kommt langsam wieder die Zeit sich nach einem Restaurant für das Abendessen umzuschauen. Einige wollen in Nachbarorte fahren. Die Hannelore will mit dem Sven in die Pizzeria in Vilpian und der Emil wird mit der Jacky zum Waldinger gehen.

4

Jetzt pass auf. Der Emil sitzt beim Frühstück und dann fällt ihm plötzlich das Höhlengleichnis vom Platon ein. Jetzt was ist das Höhlengleichnis. Das hat was mit Ursprung und Wahrheit zu tun. Also da sitzen die Höhlenbewohner mit dem Rücken zum Licht in der Höhle und interpretieren die Schatten an der Wand, quasi als ihre Realität, quasi Höhle gleich Leben und Schatten gleich Lebensrealität quasi ihr Erleben quasi ihr Alltag. So. Und in Wirklichkeit sind ja die Schatten nur Abbildungen der eigentlichen Realität außerhalb der Höhle denn zum Höhleneingang fällt Licht rein und projiziert wie der Filmprojektor im Kino die Schatten von den eigentlichen Dingen und Personen außerhalb der Höhle durch den Höhleneingang an die Höhlenwände. Und so leben diese Höhlenbewohner in dieser Höhle ihr Leben in der irrigen Annahme sie müssten ihr restliches Leben diese Schatten als ihre reale Lebenswelt ansehen. Und jetzt kommt´s. Einer der Höhlenbewohner hat einen Gedankenblitz und bricht aus der Höhlenwelt aus, sucht mühsam den Höhlenausgang und tut das für die Höhlenbewohner unfassbare, er verlässt die Höhlenwelt und klettert raus aus der Höhle und schaut sich draußen die reale Welt an von der nur die Schatten in die Höhle projiziert und dort als real und nicht nur als Schatten interpretiert werden. Und dann ißt der Emil den selbstgebackenen Kuchen von der Johanna, gibt dem Jacquelinchen noch zwei Scheiben Mortadella unter den Tisch die sie blitzschnell inhaliert und denkt er müsse aus der Höhle rausgehen und nach der realen Ursache für die mysteriösen Vorfälle bei den Almen suchen und da gibt es natürlich schon einen Verdacht: Gift im Wein! Und jetzt gleich die Frage: Warum? Und genau da beginnt der Aufstieg aus der Höhle zum Filmprojektor, quasi wer hat hier welchen Film gedreht und führt ihn in die Höhle vor, quasi wer sind die Protagonisten auf dem Film und noch wichtiger wer führt den Höhlenbewohnern, quasi den Südtirolern und ihren Touristen genau diesen Film so vor. Der Emil ißt das Frühstücksei wieder zuletzt, trinkt noch eine Tasse vom starken Kaffee und hat für den Tag schon einen Plan wie er dem Höhlenausgang näher kommen kann: er besucht seinen alten Freund Commissario Sanin in Bozen.

Der Emil sitzt beim Frühstücken meist noch als Letzter und so ergibt es sich dass er mit den Hausherren noch ein kleines Schwätzchen halten kann. Die Johanna will ihm dann immer noch kullinarischen Nachschub bringen was der Emil nach einem derart üppigen Frühstück aber dankend ablehnt. Jedes Mal kommt dann von ihr noch die Frage ob alles zur Zufriedenheit ist und diese Frage kann der Emil dann immer nur mit einem überzeugten Ja beantworten. Sie widmet sich danach meist schnell wieder ihren Aufgaben im Haus und der Erich fährt dann mit dem APE-Dreirad zum Einkaufen.

Das Wetter für die Bustour durch die Dolomiten mit anschließender Weinprobe soll ausgezeichnet werden sagt der Erich, es wird föhnig, und da herrscht eine besondere Fernsicht und herrliche Panorama- blicke sind garantiert. Die meisten anderen Pensionsgäste haben sich bereits für die Bustour angemeldet, der Emil ist der Letzte und es sind auch nur noch zwei Plätze im Bus frei, sagt der Erich. Und dann wünschen sie sich gegenseitig einen schönen Tag und beide fahren nach Bozen, der Erich mit der APE zum Einkaufen und der Emil besucht den Commissario.

„Wir haben uns ja lange nicht gesehen, wie geht´s Emil, was machen die Außerirdischen und die ungewöhnlichen Fälle?" „Genau deswegen habe ich Dich besucht. Es gibt vielleicht wieder einen ungewöhnlichen Fall, und ich wollte Dich fragen ob Dir schon etwas aufgefallen ist, ob irgendetwas suspekt ist und ob Du vielleicht sogar schon in dieser Sache ermittelst?" „Jetzt mal der Reihe nach. Es gibt für Dich offenbar wieder Anhaltspunkte für einige mysteriöse Vorgänge denen Du, wie immer, auch bereits auf der Spur bist." „Nein auf der Spur bin ich noch nicht aber mysteriös sind die Vorgänge allemal." „Also worum geht's?" „Sind Dir in letzter Zeit Unregelmäßigkeiten im Zusammenhang mit Wein aufgefallen?" „Na ja, eigentlich schon seit Jahren. Die Konkurrenz unter den Winzern ist groß, da bescheißt mal der den und danach wieder der den. Erst neulich haben zwei aus der Region Kaltern wieder um Grundstücke vor Gericht gestritten. Eigentlich nichts Neues. Tägliches Geschäft." „Und hat es in letzter Zeit vielleicht im Zusammenhang mit Wein Vergiftungen oder sogar Todesfälle gegeben?" „Ich weiß jetzt worauf Du hinauswillst. Der Tote an der Möltner Kaser Alm. Den haben wir beschlagnahmt. Der liegt noch in der Gerichtsmedizin. Dazu kann und darf ich Dir zum jetzigen Zeitpunkt noch nichts sagen. Mit Wein hat die Sache aber im Moment noch nichts zu tun."

Die beiden unterhalten sich noch eine Zeitlang über Gott und die Welt, gehen noch einen Espresso trinken, und am Ende meint der Emil so für sich der Commissario habe vielleicht schon eine Spur aufgenommen, er wirkte, wenn man ihn kennt wie der Emil, jedenfalls zeitweise so.

Der Emil fährt danach mit der Jacky zurück nach Vilpian, stellt das Auto ab und sie fahren mit dem Bus nach Burgstall und wandern von der Kirche aus den Berg hinauf zum Wieslerhof. Verspätetes Mittagessen und Weinprobe. Dazu aus der Homepage des Wieslerhofs: „Buschenschank Wieslerhof

Der Wieslerhof liegt abgeschieden und ruhig oberhalb von Burgstall und bietet einen schönen Ausblick auf das Etschtal. Die Hofstelle ist seit 1369 urkundlich erwähnt und ist seit drei Generationen in Besitz der Familie Kofler. Qualität und Kundenfreundlichkeit stehen beim "Wiesler" an oberster Stelle. Er lockt mit urigen Stuben zahlreiche Menschen an, wodurch der "Buschen" ein beliebter Treffpunkt für viele ist. Ausgedehnte Weinberge, die Terrasse, der Spielplatz und die Tiere machen den Wiesler zum idealen Ausflugsziel für viele Familien. Zum Wohlfühlen und Entspannen lädt die große Panoramaterrasse ein. Im Buschenschank werden einfache traditionelle Tiroler Gerichte verabreicht. Ebenso werden verschiedene hausgemachte Kuchen serviert.

Törggelen

Das Törggelen ist ein alter

Südtiroler Brauch: Einheimische und Gäste wandern im Herbst von Bauernhof zu Bauernhof um dort den neuen Wein und die geselchten Spezialitäten der Bauern zu kosten. Von Oktober bis Mitte November erwarten die Besuchern der Buschenschänke kulinarische Spezialitäten, Kastanien sowie der hauseigene "Suser" (neuer gekelteter Wein vor der Gärung). Der "Suser" kommt aus dem eigenen Weinberg und die "Köstn" vom eigenen Kastanienwald. Der Speck, die Würste, der Käse sowie das Kraut stammen von regionalen Produzenten. Empfehlenswert zur Törggelezeit ist zur Vorspeise eine Suppe, beim Hauptgang eine Schlachtplatte und zum Dessert entweder Krapfen oder Kastanien."(www.wieslerhof.com)

Nach einem ausgiebigem Mittagessen im Wieslerhof, für das Jacquelinchen ist auch wieder etwas übrig geblieben, und einer Probe des neuen gekelterten hauseigenen Wein treten der Emil und die Jacky den Rückweg nach Vilpian an. Es ist Nachmittag, der Föhnwind bläst ganz leicht, und die Sonne strahlt.

5

Das Frühstück ist heute etwas eher, denn heute nehmen einige an der Dolomitenrundfahrt teil. Jetzt wohin geht die Tour. Die Tour beginnt in Bozen mit Abholung in Vilpian. Von Vilpian geht´s dann zur ersten Foto-Etappe nach Tiers, einem kleinen Dorf mit atemberaubendem Blick zum Rosengarten. Dann fährt man weiter über den Nigerpass bis zum berühmten Karersee und anschließend führt die Tour Richtung Canazei. Nach der Mittagspause auf einem der legendären Dolomitenpässe besteht die Möglichkeit entweder eine Seilbahnfahrt zur Panoramaterrasse auf dem Sass Pordoi, eine Wanderung durch die „Steinerne Stadt" am Sellajoch, oder einen Bummel in St.Ulrich zu planen. Die Rückfahrt zur Weinprobe bei der „Erste+Neue" Weinkellerei ist zeitlich so gestaltet dass die TeilnehmerInnen ca. 16.00 Uhr an der Weinkellerei in Kaltern eintreffen. Ende der Weinprobe und Rückreise nach Bozen und Vilpian ist ca. 19.00 Uhr.

Die Jacky ist natürlich schon ganz aufgeregt weil sie so gerne Bus fährt. Auch der dicke Dackel Paul mit Frauchen und Herrchen fahren mit und auch der dicke Dackel scheint eine gewisse Vorfreude erkennbar zu verspüren.

Insgesamt fahren alle Pensionsgäste bis auf die Beiden aus Nürnberg mit. Die wollen wieder zwei Weinkellereien besichtigen und dort auch guten Wein kaufen.

Das ältere Ehepaar aus München, also sie mit dem Vogelgesicht, haben Partnerlook beim Vornamen, sie heißt Henryette und er heißt Henry. Sie redet schon in der Pension fast ununterbrochen und dann weiter bis alle in den Bus eingestiegen sind. Und während der Bus Fahrt aufnimmt stellt der Erich mit blumigen Worten die Besonderheiten der verschiedenen Etappen der Bustour vor und dann erzählt er zum Rosengarten das Märchen über den Kampf König Laurins mit Dietrich von Bern: Das Reich von König Laurin befand sich in Südtirol. Sein fleißiges Zwergenvolk suchte im Inneren der Berge nach Kristallen, Silber und Gold. Eines Tages begab es sich, dass der König an der Etsch seine wunderschöne Tochter Similde vermählen wollte. Alle Adeligen der Umgebung wurden zu einer Maifahrt eingeladen, nur König Laurin nicht. Dieser beschloss jedoch, mit seiner Tarnkappe ausgerüstet als unsichtbarer Gast daran teilzunehmen. Als er am Turnierplatz Similde erblickte, verliebte er sich in ihr schönes Antlitz, setzte sie auf sein Pferd und ritt mit ihr davon.

Alsbald zogen Simildes Versprochener und dessen Ritter aus, um die Angetraute zurückzuholen und standen kurz darauf vor dem Rosengarten. Da band sich König Laurin seinen Wundergürtel um, der ihm die Kraft von 12 Männern verlieh, und stellte sich dem Kampf. Als er sah, dass er trotz allem ins Hintertreffen geriet, zog er sich zudem eine Tarnkappe über und sprang, unsichtbar wie er nun zu sein glaubte, im Rosengarten hin und her. Die Ritter erkannten an den Bewegungen der Rosen, wo er sich verbarg, zerbrachen den Zaubergürtel und nahmen ihn gefangen. Laurin, erzürnt über sein Schicksal, drehte sich um und belegte den Rosengarten, der ihn verraten hatte, mit einem Fluch: Weder bei Tag noch bei Nacht sollte ihn jemals ein Menschenauge erblicken. König Laurin aber hatte die Dämmerung vergessen, und so kommt es, dass der verzauberte Garten auch heute noch seine blühenden Rosen für kurze Zeit erstrahlen lässt. Das Rotglühen der Felsen zur Dämmerung ist heute als Enrosadira (Alpenglühen) bekannt.

Das Märchen löst allgemeinen Beifall der Fahrgäste aus und auch im weiteren Verlauf der Bustour erweist sich der Erich als profunder Kenner einheimischer Begebenheiten die er immer wieder zum Besten gibt und hervorragender Landschaftskenner und Moderator.
Die Kellereibesichtigung mit anschließender Weinprobe kann etwas früher beginnen aufgrund einer auf allgemeinen Wunsch hin verkürzten Mittagspause, so dass der Bus schon um halb vier vor der Kellerei in Kaltern ankommt. Die Bustour hat pro Person 28 Euro gekostet und darin ist der Reiseführer Erich und ein Brotzeitteller mit Speck,

verschiedenem Käse geräucherten Würstchen und und und pro Person in der Weinkellerei enthalten. Die verschiedenen Weine werden nach der Besichtigung geöffnet auf die Tische gestellt und so kann jeder zur Brotzeit nach seinem Belieben verschiedene Weine probieren. Die Stimmung ist heiter und die Lautstärke der Unterhaltungen nimmt mit zunehmendem Weingenuss merklich zu. Die Hunde haben Näpfe mit Wasser und sitzen ruhig bei ihren Frauchen/Herrchen unter dem Tisch. Und jetzt pass auf was passiert. Der Friedrich aus Erding fällt bewußtlos vom Stuhl und seine Frau die Christine ist geschockt und sitzt regungslos auf ihrem Stuhl. Sofort springen der Emil und andere hin und leisten Erste Hilfe, lagern ihn auf die Seite, denn der Friedrich atmet zwar regelmäßig, bleibt aber bewußtlos. Am Wein kann es nicht gelegen haben denn der Friedrich hat nur ganz wenig getrunken. Und dann rufen die Kellereimitarbeiter die Rettung und die kommt auch schnell mit schon von Weitem laut hörbarem HalaliHalala mit dem Notarztwagen. Dann wird der Friedrich fachgerecht versorgt und mit der Trage in den

Notarztwagen geladen mit Infusion und und und und die Christine darf mitfahren zur Klinik nach Bozen. So. Und solche Ereignisse heben die Stimmung natürlich nicht gerade, die Brotzeitrunde mit Weinprobe ist auch danach recht bald vorzeitig zu Ende und der Bus bringt die Fahrgäste zurück nach Vilpian und nach Bozen.

Dem Emil kreist natürlich wieder das Höhlengleichnis im Kopf und da denkt er gleich: Das ist doch kein Zufall das mit dem Friedrich: Kollaps nach Weingenuss! Und was spielt sich außerhalb der Höhle, quasi bei den Verursachern der Schatten in der Höhle ab, quasi bei den Drahtziehern. Und das vorläufige Ergebnis: wahrscheinlich Giftwein, eine Strategie muss her, und Sherlock sei wachsam!

6

Jetzt was ist beim Frühstück in der Pension passiert. Der Emil kommt mit der Jacky später als fast alle Anderen in den Frühstücksraum und setzt sich wieder in seine Stammecke. So. Dann bringt ihm die Johanna die Platte mit der Wurst, dem Käse und und und und das Frühstücksei und den selbstgebackenen Kuchen. Die Kanne mit dem starken Kaffee bringt sie unmittelbar danach. Und vorher beim Betreten des Frühstücksraumes hat man sich mit Hallo oder Guten Morgen begrüßt, die anderen Gäste haben fast alle schon zu Ende gefrühstückt einige stehen schon bei der Tür in Aufbruchstimmung für das touristische Tagesprogramm und am Nebentisch frühstücken noch Beate und David aus Herten und unterm Tisch sitzt Paul und beobachtet die Jacky die ebenfalls unter Emils Tisch Platz genommen hat. Und ob Du es glaubst oder nicht plötzlich sagt Dackel Paul Guten Morgen Emil zum Emil und gleich darauf die Jacky Hallo Beate

David und Paul. Das ist den Anderen sicherlich gar nicht so aufgefallen da die Hunde relativ leise gesprochen haben und die Beate hat gleich gemeint der Emil hätte da gesprochen und sagt gleich nochmal Hallo Emil und lächelt dabei. Der David hat scheinbar nichts mitbekommen und die anderen Gäste sind schon in Aufbruchstimmung und die Christine fährt mit dem Erich nach Bozen zum Friedrich in die Klinik. Nur der Emil weiß genau was los ist: Wenn die Hunde wieder sprechen können gibt es dafür nur eine Erklärung: Die außerirdischen nanokleinen Veganossi sind wieder da und sind in die Gehirne der Hunde eingezogen und was bedeutet das für die Pensionsgäste: Bei denen werden sie auch in die Gehirne einziehen. Dass der Prozess schon stattgefunden hat zeigt sich daran dass die Johanna den Emil auf Spanisch fragt ob er noch Kuchen oder noch Kaffee möchte. Es scheint ihr garnicht aufzufallen dass sie plötzlich Spanisch spricht. Und der David und die Beate unterhalten sich schon eine Weile auf Italienisch, nun könnte man ja meinen das hätten sie irgendwann gelernt, dem ist aber nicht so, das weiss der Emil ganz sicher. Auch der Emil kann plötzlich wieder Griechische Gedichte aufsagen und davon gibt er sogleich eines zum Besten und alle sind begeistert und antworten auf Griechisch. Und damit haben sie, frei nach Höhlengleichnis, die Höhle verlassen, denn mit Hilfe der nanokleinen Veganossi im Kopf kommen sie dem bösen Weinspuk ganz sicher auf die Spur, und der Emil weiß jetzt schon was er heute macht er fährt nämlich mit der Jacky mit dem Bus nach Meran und schleicht dort um die alte Villa vom Joe und der schwarzmagischen Gräfin.

Die alte Villa ist nur an der Vorderseite eingezäunt von der Rückseite kann man durch den riesigen Garten unbemerkt auf das Grundstück und zum Haus gelangen. In der Einfahrt stehen mehrere große Lancia und Mercedes. Alle sind schwarz. Und da lohnt sich ein Blick durchs Fenster und da sieht man eine illustre Gesellschaft an einem langen großen Tisch sitzen. Nach schwarzmagischer Séance sieht das eher nicht aus eher nach geschäftlicher Besprechung. Und da helfen natürlich die nanokleinen Veganossi im Kopf denn dadurch hört man auch viel besser als sonst und da die Sitzung scheinbar fast beendet ist können der Emil und die Jacky nur noch einige Sätze am Schluss der Sitzung aufschnappen und da geht es um den Besitz und die besondere Lage von Weinbergen und danach herrscht Aufbruchstimmung in der Villa und die schwarz gekleideten Herrschaften verlassen blitzschnell die Villa durch den Vordereingang zu ihren Autos und brausen davon. Der Emil hat also jetzt die Gewissheit dass Joe und die schwarzmagische Gräfin, selbst auch Weingutbesitzerin in den Abruzzen, wieder auf freiem Fuß sind und etwas mit Wein in Südtirol zu tun haben.

Nach ihren Beobachtungen in Meran kehren der Emil und die Jacky am späten Nachmittag wieder zur Pension in Vilpian zurück und da scheint der Effekt der nanokleinen Veganossi in den Köpfen bereits wieder verflogen zu sein, denn niemand kann sich mehr daran erinnern(Amnesie) und Fremdsprachen spricht auch keiner mehr. Paul der Dackel liegt in einer Ecke der Dachterrasse und ist wieder ganz ein dicker Dackel und sprechen kann er auch nicht mehr, außer Wau Wau Wau machen zur Begrüßung.

Beim Emil und der Jacky ist das anders auch die Jacky kann weiter sprechen, das wird aber nicht verraten, also Flüsterton in verschiedenen Fremdsprachen und Sprechen nur außerhalb der Pension und wenn niemand zuhört.

Die meisten Pensionsgäste sind heute früher von ihren Ausflügen zurückgekehrt und sitzen mit dem Erich auf der Dachterrasse, einige von ihnen und der Erich trinken einen Roten aus der Literflasche mit dem Schraubverschluss: Kalterer See von der Kellerei Nals Magreid in Nals, einem Nachbarort von Vilpian.

Dann kommt die Hannelore mit ihrem Sohn Sven mit dem Rollstuhl auf die Dachterrasse. Sie möchte auch einen Roten und ihr Sohn trinkt wieder einen Apfelsaft aus dem kleinen Fläschchen mit Strohalm. Und jetzt pass auf was die Hannelore zu berichten weiss. Der Sven kann seit letzter Nacht wieder seine Beine ausstrecken und vor dem Rollstuhl stehen und ein wenig laufen und auch sein Rücken ist plötzlich wieder grade, was nichts anderes heißt als dass über Nacht seine krankheitsbedingten Kontrakturen verschwunden sind: Ein Wunder! Und der Emil und die Jacky schweigen, aber sie kennen die Ursache: Die nanokleinen Veganossi!

Jetzt was werden der Emil und die Jacky die nächsten Tage tun. Sie werden die alte Villa in Meran observieren. Sie werden verschiedene Weingüter besuchen. Und dann wird es schon dunkel und der Erich holt die Beleuchtungs-kerzen für die Tische. Und zum Essen geht der Emil mit der Jacky, nachdem die ihren großen Fressnapf leergefressen hat, wieder zum Fischessen zum Waldinger.

7

Die nanokleinen Veganossi scheinen nur noch den Emil und die Jacky zu besetzen. Sonst herrscht Ruhe. Keine Fremdsprachen mehr beim Frühstück. Der Dackel ist nur noch Dackel. Nur der Sven macht immer mehr Fortschritte. Vermutlich wird er wohl bald seinen Rollstuhl verlassen. Die Hannelore schaut immer wieder verstohlen zum Emil denn scheinbar ahnt sie dass der Emil etwas über die Wunderheilung ihres Sohnes weiß, doch der Emil lässt sich nichts anmerken und auch die Jacky spielt vollständig Hund, gesprochen wird kein Ton nur behagliches Knurren und Wau Wau Wau zur Begrüßung genau wie das der dicke Dackel macht.

Nach dem Frühstück verschwinden der Emil und die Jacky, nein die Jacky frisst erst ihren Frühstücks-fressnapf leer, und danach verschwinden der Emil und die Jacky schnell und unbemerkt und fahren mit dem Bus nach Meran. Ziel: die alte Villa und da steht schon der Gärtner am Zaun. Damit haben sie

natürlich nicht gerechnet, also hält der Emil kurz ein Schwätzchen mit dem Gärtner und der erzählt dass er schon seit zwanzig Jahren für die Herrschaften als Gärtner und Hausmeister arbeite und es nie irgendwelche Probleme gegeben hätte und dass die alte Villa unter Denkmalsschutz stehe: Jugendstil! Der Gärtner wirkt merkwürdig blass. Vielleicht ein Zombie der für die schwarzmagische Gräfin als Diener arbeitet?! Der Emil und die Jacky verschwinden von der Villa schnell wieder, biegen in eine Seitenstraße ein, so dass sie der Gärtner nicht mehr sehen kann und dann wird beraten: Ergebnis: verkleinern, quasi noch kleiner als der kleine Däumling in dem Märchen, und dann unbemerkt in die Villa schleichen. Genau! So wird´s gemacht.
Die kleiner noch als däumlinggroßen Emil und Jacky schleichen zurück zur Villa. Dabei heißt es auf der Hut sein dass niemand auf sie drauftritt also immer an der Hauswand und dann vor der Villa an der Gartenmauer entlang und durch das Eingangstor das offensteht zur Villa und da helfen ihnen die besonderen Fähigkeiten die ihnen die nanokleinen Veganossi verleihen

wie zum Beispiel die Saugnapfhände und Füße und die Saugnapfpfoten der Jacky. Also klettern sie die Tür hoch und schlüpfen durch das gekippte Türfenster in die Villa. Sie schleichen in das große Zimmer mit dem großen langen Tisch in dem auch ein wuchtiger Schreibtisch steht an dem die schwarzmagische Gräfin und daneben Joe sitzen. Emil und Jacky warten so lange bis beide aufstehen und in ein Nebenzimmer gehen. Dann heißt es mit den Saugnäpfen hochklettern und schauen welche Schriftstücke auf dem Schreibtisch liegen. Sie laufen alle Schriftstücke ab und entdecken Grundbuchauszüge, in denen Weinberggrundstücke und ein Weingut in der Nähe von Kaltern stehen. Die Weinberge gehören nicht alle zu diesem Weingut. Es gibt also für diverse Grundstücke unter-schiedliche Eigentümer. Der Emil nimmt sein kleines däumlingsgroßes Handy und fotographiert alles, da betritt plötzlich die Gräfin den Raum und ruft mit donnernder Stimme: „Ich rieche Euch ihr Eindringlinge!" Jetzt wird´s allerhöchste Zeit für den Emil und die Jacky zu verschwinden. Inzwischen steht auch Joe hinter der Gräfin im Raum und fragt die Gräfin was los sei. „Was los ist Joe. Das kann ich Dir sagen. Wir haben Besuch von kleinen Zwergen die uns ausspionieren wollen. Ich rieche sie förmlich. Bring mir die große Fliegenklatsche. Vielleicht erwische ich sie noch auf dem Schreibtisch." Dank der Saugnäpfe sind der Emil und die Jacky blitzschnell vom Schreibtisch runtergeklettert und danach durch den Raum zur Eingangstür gehuscht und die hat gerade der Gärtner geöffnet also nix wie raus und zur anderen Seite der Gartenmauer. Dann nur noch um die Ecke in die nächste Seitenstraße und schwupps haben sie auch schon wieder ihre normale Größe und gehen weiter als wäre nichts geschehen.

Der Spätnachmittag auf der Pensionsdachterrasse gestaltet sich wie immer. Der Erich holt Gläser und den Roten. Und dann besprechen die anwesenden Gäste ihre Tageserlebnisse und keiner, auch der Erich, kann sich an die Vorfälle mit den nanokleinen Veganossi erinnern und da sind der Emil und die Jacky erleichtert. Die Jacky sitzt unter dem langen Tisch an dem der Erich, die Christine und einer ist jetzt wieder mit dabei: der Friedrich, der wurde nämlich ohne feststellbare Krankheiten wieder aus der Klinik entlassen, was alle freut, und der Emil sitzen und beobachtet die anderen Gäste. Der dicke Dackel liegt in einer entlegenen Ecke der Terrasse und schläft.

Und nach dem einen oder anderen Gläschen Roten wird es wieder Zeit ein Lokal für das Abendessen zu suchen und einige fahren in Nachbarorte und der Emil geht mit der Jacky, nachdem sie ihren großen Abendfressnapf leergefressen hat, heute in die Pizzeria in Vilpian.

8

Beim Frühstück ruft der Commissario Sanin den Emil an. Es ist etwas passiert. Wieder ein Toter, diesmal im Weinkeller einer Kellerei in der Nähe von Kaltern. Es handelt sich um einen Bankmanager der offenbar aus geschäftlichen Gründen die Kellerei besucht hatte. Todes-ursache unklar. Keine äußerlichen Anzeichen auf einen Kampf oder Gewalteinwirkung, quasi äußerlich unverletzt. Die Weingutbesitzer haben die Polizei gerufen da er im Weinkeller lag und weder die Weingutbesitzer, behaupten sie jedenfalls, noch andere MitarbeiterInnen des Weingutes hatten mit ihm Kontakt. Der Leichnam wurde beschlagnahmt und in die Gerichtsmedizin nach Bozen gebracht.
Und ob du es glaubst oder nicht das ist genau das Weingut dass der Emil heute mit der Jacky besuchen wollte denn unter anderem von diesem Weingut lagen die Grundbuchauszüge auf dem Schreibtisch der schwarzmagischen Gräfin in der

alten Villa in Meran. Und das kann kein Zufall sein denkt der Emil und dem Commissario hat er am Handy noch nichts verraten von ihren Beobachtungen in der Villa.
Der Emil beschließt mit der Jacky den Commissario in Bozen zu besuchen und dann können sie ihren bisherigen Ermittlungsstand zur Südtiroler Weinkriminalität erörtern und vielleicht gibt es ja Neuigkeiten die dem Emil noch unbekannt sind. Der Commissario ist wie immer hoch erfreut den Emil mit der Jacky zu sehen steckt aber, auch wie immer, bis zum Hals in Arbeit. Einen Verdacht, und vielleicht gibt es Zusammenhänge, wer weiss, hat der Commissario schon. Nach der Obduktion des Toten von der Möltner Kaser Alm steht fest dass er nicht durch vergifteten Wein gestorben ist. Es sind Spuren von radioaktivem Material in seinem Körper gefunden worden. Er wurde bereits Tage vorher, also bevor er die Bergtour zur Möltner Kaser Alm unternommen hat, mit hochgiftigem radioaktivem Material durch Kontakt, zum Beispiel über ein Menü in einem Restaurant, vergiftet. Die Anstrengung der Bergwanderung und

danach der Genuss von Wein haben ihm quasi „den Rest" gegeben. „Interessant ist dass der Tote von der Möltner Kaser Alm auch Bankmanager war. Genau wie der Tote vom Weingut heute in der Nähe von Kaltern. Den werden wir jetzt auch auf radioaktive Giftspuren untersuchen. Es besteht nun der Verdacht dass es sich hier um eine riesige Sache handelt die sich weit über Südtirol hinaus und in die höchsten Etagen der Banken erstreckt. Also um vergifteten Südtiroler Wein geht es hier definitiv nicht. Den können wir weiter genüsslich trinken. Und die paar die auf den Almen von der Bank oder der der bei der Weinprobe in Kaltern vom Stuhl gefallen ist sind definitiv nicht vom Wein vergiftet gewesen. Das wurde in allen Fällen auf Nachfrage von der Klinik in Bozen so bestätigt", sagt der Commissario. Der Emil behält seine Beobachtungen die sie in der Villa gemacht haben erst einmal für sich und auch die Jacky ist schön brav und spricht nicht denn sonst wüsste der Commissario ja sofort was die Stunde geschlagen hat. Sie trinken noch einen schnellen Espresso in einem Cafe´um die Ecke und dann muss der Commissario wieder weiter an seinen Fällen arbeiten und der Emil und die Jacky setzen sich in den alten A3 und fahren zu dem Weingut in der Nähe von Kaltern wo der tote Bankmanager gefunden wurde, und das ist ja auch genau das Weingut von dem die Grundbuchauszüge auf dem Schreibtisch der schwarzmagischen Gräfin lagen.

9

Und jetzt pass auf. Wenn man es
genau nimmt, auch wenn genau das
Wort genau noch nicht passt, weil
noch die genauen Zusammenhänge
fehlen, trotzdem, wenn man es genau
nimmt: Südtirol=Italien(auch wenn
das einige nicht gern hören), der
Wein, der Joe, die italienische
Gräfin(und ihr Weingut), tote
Bankmanager und und und, das riecht
doch förmlich nach der Maffia.
Fragt sich nur worum es hier genau
geht und das wollen ja der
Commissario und der neugierige Emil
mit seiner wichtigen Assistentin
der Jacky herausfinden...
Jetzt was ist auf dem Weingut bei
Kaltern. Da ist der ganze Innenhof
abgesperrt: Die Spurensicherung.
Aber zum Weinverkauf kann man auch
von vorne hineingehen. Nur eine
Kellerbesichtig geht jetzt nicht:
Die Spurensicherung!
Der Emil stellt sich gänzlich
unwissend und fragt nach was denn
passiert und warum der schöne
Innenhof des alten Ansitzes
abgesperrt sei in der Annahme

vielleicht das ein oder andere Vögelchen herauslocken zu können und das funktioniert fast immer und schon erzählt ihm eine Mitarbeiterin die ganze Geschichte. Vielleicht weiß sie ja noch mehr denkt sich der Emil und probiert erst einmal Wein, dazu gibt es wenn gewünscht Südtiroler Brot zum abbrechen. Aber sie verrät während Emils Weinprobe nichts Neues mehr. Der Emil probiert nur zwei Weine und von denen nimmt er dann auch je einen Karton mit sechs Flaschen mit: einen Blauburgunder Riserva 2015 und einen Lagrein Riserva 2016. Beide Weine wurden neben den vielen anderen Auszeichnungen die sie erhielten auch von Robert Parker in seinem Magazin The Wine Advocate besprochen und der Blauburgunder wurde mit 91 Parker Punkten ausgezeichnet und der Lagrein sogar mit 93 Parker Punkten.

Nun hat der Emil zwar Wein probiert und gekauft aber mit dem Weingut an sich ist er noch nicht viel weiter gekommen. Da hilft nur eins: den Wein zum Auto bringen das sowieso etwas abseits an der Straße steht und in verkleinerter Version, kleiner noch als der kleine

Däumling, zurückkehren und das Weingut durchsuchen. Gesagt getan. Und dann schleichen sich der ganz kleine Emil und die ganz kleine Jacky in die Büros des Weingutes, und wegen der polizeilichen Untersuchung im Weingut ist glücklicherweise zum Zeitpunkt als der Emil und die Jacky die Büros durchwühlen in keinem der Büros jemand an seinem Platz, und da werden sie im Chefbüro auch schnell fündig: in einer Mappe die seitlich auf dem Schreibtisch liegt sind jede Menge Unterlagen die auf einen Verkauf oder zumindest eine Teilhabe am Weingut hindeuten, und zur schwarzmagischen Gräfin oder zum Joe finden sie nichts. Nachdem der Emil alles mit seinem winzigen Handy fotographiert hat schleichen sie sich vollkommen unbemerkt aus dem Weingut und neben dem Auto angekommen nehmen sie wieder ihre normale Größe an, und ätsch keiner hat´s gesehen und keiner hat´s gemerkt, und so fahren sie mit ihrer Beute zurück nach Vilpian zur Pension und da werden dann im Zimmer die Bilder auf dem Handy ausgewertet.

10

Der erste Schnee ist auf den Bergen
gefallen. Der Föhn bläst nicht mehr
und im Etschtal regnet es. Ein
früher Wintereinbruch aber der
Winter muss ja im Oktober noch
nicht dauerhaft Einzug halten. Auch
die Temperaturen sind deutlich
zurückgegangen. Der Emil beschließt
nach dem wie immer opulenten
Frühstück in der Pension der Gräfin
und Joe in der alten Villa in Meran
einen erneuten Besuch abzustatten.
Der Commissario hat während des
Frühstücks auch schon angerufen. Er
hat eine heiße Spur. Mehr will er
nicht verraten. Und das der Emil
die Fotos im Weingut gemacht hat
hat er dem Commissario auch noch
nicht verraten. Der Emil und die
Jacky fahren mit dem Bus nach Meran
und als sie die alte Villa
erreichen steht wieder der bleiche
Gärtner im Garten. Der emil hält
mit ihm ein kurzes Schwätzchen und
der Gärtner fragt ob sie die
Herrschaften sprechen möchten da
sie ja zum wiederholten Mal
innerhalb weniger Tage an der

Gartenmauer auftauchen aber der Emil verneint das und verschwindet dann mit der Jacky wieder in die nächste Seitenstraße und da verkleinern sie sich wieder und schleichen sich unbemerkt in die alte Villa. Die Gräfin und Joe sind in regen Gesprächen mit mehreren gut gekleideten Männern. Italiener und Russen. Ihre großen schwarzen Autos, Mercedes Lancia ein Maserati, stehen vor der Villa in der Einfahrt. Es geht um Geld. Viel Geld und dann verschwinden sie alle im Keller und der Emil und die Jacky huschen unbemerkt hinterher. Der Anblick ist überwältigend. In einem großen Kellerraum türmen sich an einer Seite des Raumes Stapel mit Dollarscheinen und auf der anderen Seite sind Goldbarren auf Paletten gestapelt. Auf den ersten Blick geschätzer Wert: einige Hundert Millionen Euro, und da wird dem Emil und der Jacky schnell klar das es sich hier nicht nur um den Kauf eines Weingutes in der Nähe von Kaltern handeln kann denn der Kauf des Weingutes ist bei diesen Summen nur eine Nebensächlichkeit. Vielleicht will die Gräfin, die ja selbst Weingutbesitzerin und Produzentin von hochwertigen abruzzesischen Weinen, hauptsächlich Rotweine, ist sich einfach mit einem Produzenten hochwertiger Südtiroler Weine erweitern. Die Vermutung liegt nahe. Das riesige Vermögen im Keller hat mit dem Weingut bei Kaltern wenig oder nichts zu tun, soviel steht fest, aber mit großer Wahrscheinlichkeit mit den beiden toten Bankern.

Der Emil und die Jacky haben genug gesehen und können sich unbemerkt wieder aus der alten Villa in die Seitenstraße schleichen und da nehmen sie sofort wieder ihre natürliche Größe an und verschwinden Richtung Innenstadt.

11

Über Nacht ist das Wetter wieder umgeschlagen. Der Regen hat sich verzogen. Der Föhn ist wieder aktiv und die Sonne strahlt. Der Emil hat den Commissario angerufen und das hat er im Zimmer gemacht damit keiner zuhört. Er hat ihm nun auch die Geschichte mit den nanokleinen Veganossi verraten und das die Jacky jetzt ganz schlau ist und sprechen kann und das sie beide sich beliebig verkleinern können und und und und dann hat er dem Commissario Sanin noch von dem Haufen Gold und dem Berg von Dollarscheinen in der alten Villa in Meran berichtet und das die schwarzmagische Gräfin und Joe wieder in der Villa aktiv sind. Der Commissario hat dann gleich beim Staatsanwalt die Hausdurchsuchung für die Villa beantragt und der Emil und die Jacky dürfen mitfahren und die Razzia beobachten. Doch da kommen sie definitiv zu spät. Die Gräfin und Joe empfangen die PolizistInnen höflich und bieten ihnen Getränke an während sie die

Villa durchsuchen. Der Commissario steuert mit zwei BeamtInnen direkt in den Keller von dem der Emil berichtet hat doch weder dort noch in den anderen Kellerräumen ist mehr was zu finden. Die Marie ist fort würde der Österreicher sagen. Offenbar haben fleißige Hände in der Nacht noch alles verladen und völlig unbemerkt an einen geheimen Ort gebracht vermutlich über die Grenze in irgendeine Großstadt in Deutschland, vielleicht Frankfurt, mutmaßt der Commissario Sanin. Sie packen also nur einige Dokumente, unter anderem die Grundbuchauszüge vom Weingut bei Kaltern, vom Schreibtisch der Gräfin und zwei Laptops zur genaueren Untersuchung im Kommissariat ein, in der Villa finden sie soweit nichts Verdächtiges mehr.

Der Commissario hat inzwischen eine Fahndung nach zwei russisch sprechenden Männern rausgegeben die im Zusammenhang mit den Morden an den zwei Bankern stehen sollen. Offenbar geht es bei diesem Fall um die Weiterverteilung von riesigen Mengen Schwarzgeld und Goldbarren in ganz Europa. Wobei Deutschland für diese Transaktionen die bevorzugte und daher erste Adresse sein dürfte.

In den darauffolgenden Tagen wird klar dass weder die zwei beschlagnahmten Laptops von der Gräfin und Joe noch die beschlagnahmten Papiere vom Schreibtisch der Gräfin irgendwelche Anhaltspunkte auf kriminelle Aktivitäten liefern. Die Sachen werden ihnen zurückgegeben. Die Grundbuchauszüge und weiterer Schriftwechsel lassen zwar den Schluss zu dass die Gräfin unmittelbar vor einem Kaufabschluss bei dem Weingut bei Kaltern steht, aber der Erwerb eines Weingutes ist ja für eine hochvermögende italienische Contessa nicht strafbar.

Und ob du es glaubst oder nicht eigentlich wäre die Geschichte hier schon zu Ende. Warum? Die zwei russisch sprechenden Männer werden auf einer Autobahnraststätte in Süditalien verhaftet und gestehen auch recht bald dass sie die beiden Banker observiert und ihnen das hochradioaktive Gift beim Essen der Banker in noblen Restaurants vom Nebentisch aus verabreicht haben. Über die Hintermänner der Morde bewahren sie jedoch absolutes Stillscheigen. Wahrscheinlich wird man ihnen bezüglich des verabreichten radioaktiven Giftes keine Mordabsicht sondern lediglich schwere Körperverletzung nachweisen können und ihre Familien wurden vermutlich bestens von den Auftraggebern finanziell ab-gesichert und nach einigen Jahren sind die Herren aus dem Knast wieder draußen und leben ein unauffälliges Leben weiter. Auch die riesige Menge Bargeld und Gold ist in der kommenden Zeit trotz größter internationaler Fahndungs-anstrengungen nirgends mehr auffindbar. Sie wurde sicherlich mit professioneller Hilfe der Banken und anderer HelferInnen längst über die ganze Welt verteilt. Ach ja, der tote Banker im Weingut bei Kaltern. Er wurde dort offenbar nicht von irgendwem abgelegt sondern ist noch mit dem eigenen Auto, es stand nämlich nach seinem Tod noch vor dem Weingut, also er ist im großen schwarzen S-Klasse Mercedes noch zum Weingut gefahren und dort, warum gerade im Weinkeller wird wohl für immer ein Rätsel bleiben, also genau im Weinkeller ist er dann tot umgefallen. Mehr lässt sich in diesem mysteriösen Fall, wie sagt man so schön: im Moment nicht sagen. Der Commissario Sanin will zwar in diesem Fällen weiter dranbleiben aber er hat wenig Hoffnung dass es letztendlich zu einer kompletten Aufklärung kommt, zumal hier die obersten Etagen der internationalen Banken und vermutlich auch die Maffia ihre Finger im Spiel haben.

12

In den folgenden Tagen, dem Rest seines Südtirolurlaubs, widmet sich der Emil wieder der Natur den Buschenschänken und den Weingütern. Das Wetter bleibt sonnig auch ohne Föhn, Spätsommer im Herbst.
Und dann hat der Emil noch einmal die Idee zur alten Villa nach Meran zu fahren, quasi eine Eingebung, um mit dem Gärtner zu sprechen, der Mörder ist immer der Gärtner heißt es ja und der Gärtner verrät vielleicht etwas, wie gesagt: nur eine Eingebung. Und dann fährt der Emil mit dem Bus nach Meran und wie es der Zufall will steht der Gärtner am Zaun der alten Villa. Die Gräfin und Joe sind nicht im Haus vermutlich sind sie zum Weingut bei Kaltern gefahren, sagt der Gärtner der den Emil und die Jacky freundlich begrüßt. Nach einem kurzen Gespräch über das Wetter und und und fragt der Emil den Gärtner ganz direkt ob er in den vergangenen Tagen große Lieferbusse in der Einfahrt der Villa gesehen habe und der Gärtner

antwortet nach kurzem Zögern mit Ja. „Hatten die Busse eine Aufschrift oder Werbung an den Seiten?" Und auch dazu sagt der Gärtner Ja, „sie waren von der Spedition Voss und hatten alle ein deutsches Kennzeichen. „Können Sie sich vielleicht noch an das eine oder andere Kennzeichen erinnern?" „Ja, die Kennzeichen hatten alle ein F für Frankfurt." Dann fragt der Gärtner den Emil warum er sich dafür interessiere, aber der Emil antwortet ausweichend er sei Reporter aus Essen und schreibe eine Reportage über das Etschtal und darin komme auch die schöne alte Jugendstilvilla vor weil sie ja schließlich unter Denkmalsschutz stehe und in dieser Form in Meran kein vergleichbares Gebäude mehr existiere. Der Emil bittet den Gärtner noch ob er einige Fotos von der Villa machen dürfe, was der Gärtner bejaht, und danach verabschiedet sich der Emil mit der Jacky schnell wieder. Spedition Voss aus Frankfurt: damit kann man schon etwas anfangen, denkt sich der Emil. Der Emil fährt mit der Jacky zurück nach Vilpian und von der Pension aus ruft er mit seinem Handy den Commissario Sanin an. Der ist hoch erfreut über die Information vom Emil und ob du es glaubst oder nicht den Gärtner hat bei der Durchsuchung der Villa niemand befragt vermutlich war er an diesem Tag einfach nicht da und nach dem Hauspersonal hat in der Hektik der Durchsuchung vermutlich auch niemand gefragt. Und dann hat der Commissario Sanin eine Idee. Er bittet den Emil zum Weingut bei Kaltern zu fahren und da treffen sie sich dann. Gesagt getan der Emil steigt nach einem kurzen Schwätzchen mit dem Erich mit der Jacky in den alten A3 und fährt zum Weingut und da erwartet sie schon der Commissario. Die Untersuchungen in Sachen Mordfall/Tod im Weinkeller sind abgeschlossen und der Innenhof und der Weinkeller sind wieder freigegeben, und ob du es glaubst oder nicht, im Innenhof steht ein großer Lieferwagen der Spedition Voss aus Frankfurt und wird gerade mit Weinkartons für diverse Kunden in Deuschland beladen. So. Und da haben der Emil und der Commissario zeitgleich die gleiche Idee: Im Weingut und in der Zentrale der Spedition Voss in Frankfurt könnten Informationen über den Verbleib des Geldes und des Goldes noch unentdeckt auf den Commissario warten: Die Transportlisten der Firma Voss und die Versandlisten des Weingutes! Der Commissario fährt dann zurück in die Dienststelle nach Bozen und beantragt bei der Staatsanwaltschaft Durchsuchungsbefehle für das Weingut und für die Firma Voss in Frankfurt. Jetzt kommt es auf die internationale Zusammenarbeit mit der deutschen Polizei in Frankfurt an, aber die hat schon in der Vergangenheit mehrmals hervorragend geklappt. Der Commissario informiert auch gleich die Weingutbesitzerin dass eine Hausdurchsuchung ansteht doch die nimmt diese Information sehr gelassen entgegen. Gegen Spätnachmittag treffen die KollegInnen von Commissario Sanin im Weingut ein und nehmen aus den Büros alle Unterlagen und sämtliche Computer/Laptops mit in die Dienststelle nach Bozen. Der Commissario verabschiedet sich vom Emil und der Jacky denn jetzt wartet richtig viel Arbeit in der Dienststelle die Computer die Polizei in Frankfurt und und und und der Emil mit der Jacky bleiben noch im Weingut und der Emil probiert einige Weine und kauft danach einen Karton mit sechs Flaschen Cabernet 2017. Dann geht es mit der Jacky zurück zur Pension in Vilpian. Es dämmert schon aber auf der Dachterrasse der Pension sitzen noch die üblichen Verdächtigen bei Kerzenschein mit einem Roten oder einer Flasche Forst(das ist ein gutes Bier aus Meran). Die Dachterrasse hat den Vorteil dass man hier rauchen darf was einem Kettenraucher wie dem Emil sehr entgegenkommt. Der Erich begrüßt den Emil und die Jacky die erst einmal frisches Wasser und ihren vollen Fressnapf bekommt und für den Emil gibt es wie immer ein Glasl Roten vom Erich. Die Unterhaltung auf der Dachterrasse dauert noch lange, da ist es schon dunkel, und da wird es langsam Zeit ein Restaurant für das Abendessen zu suchen. Einige fahren zum Essen in Nachbarorte aber der Emil geht mit der Jacky wieder zum Waldinger.

13

Es wird wieder Zeit für eine Almwanderung. Die letzten Tage drehten sich ja nur um kriminalistische Dinge mit den Morden dem Geld dem Gold und und und und da hat der Commissario Sanin ja jetzt genug Informationen bekommen um den Bösewichten auf die Spur zu kommen. Der Erich hat dem Emil die Leadner Alm(1514 m)bei Vöran empfohlen. „Das wird Euch gefallen, Emil. Da gibt es Riesenschnitzel mit einem Berg Bratkartoffeln dazu." „Das hört sich doch schon mal sehr gut an Erich." „Und wenn ihr wollt könnt ihr ja noch von der Leadner Alm zur Vöraner Alm weiterwandern. Vielleicht fällt da ja wieder jemand von der Bank wenn ihr oben seid." Der Erich grinst verschmitzt. „Das machen wir Erich. Wir fahren mit dem Bus nach Burgstall, fahren mit der Seilbahn zum Weg nach Vöran rauf, wandern zuerst zur Leadner Alm, machen dort Mittag und wandern danach noch weiter zur Vöraner Alm."

Aus der Seilbahngondel hat man einen herrlichen Blick über das Etschtal und teilweise das Meraner Becken. Die Fahrt dauert nicht lange und dann geht es oben Richtung Vöran und dann weiter zur Leadner Alm. Es ist wenig los in der Leadner Alm und dann bestellt der Emil zwei Mal das Riesenschnitzel mit Bratkartoffeln und einen Roten und da hat der Erich wirklich nicht zuviel versprochen es kommen zwei riesige Schnitzel mit je einem Berg duftenden Bratkartoffeln. Die Bedienung hat schon geahnt was der Emil vorhat und läuft noch mal rein und holt einen großen Metallnapf. Der Emil schneidet der Jacky das Schnitzel klein und gibt ihr Schnitzel mit dem Berg Bratkartoffeln in den Metallnapf. Und dann kann der Wettkampf beginnen, wer schaft sein Schnitzel und seine Bratkartoffeln als Erster und da brauchst du nicht lange raten: die Jacky, und da ist der Emil erst mit der Hälfte fertig da leckt die Jacky schon ihren leeren Fressnapf aus und dann bringt die aufmerksame Bedienung auch gleich noch ein Schüsselchen mit Wasser für die gefräßige Jacky. Und die

Wasserschüssel schlabbert sie dann in der gleichen Geschwindigkeit leer wie den Fressnapf. Danach macht die Jacky erst einmal ein kleines Nickerchen unter der Bank und der Emil bestellt sich noch einen Roten.

Der Tschögglberg, das ist der langgezogene Bergrücken von Bozen bis Meran, der Berg in Vilpian direkt hinter der Feuerwehrschule, also der Tschögglberg hat zwar keine markanten Gipfel, mal von den Stoanernen Mandln abgesehen, aber das hat auch Vorteile. So hindern keine hohen Bergspitzen den Sonneneinfall. Mild und freundlich präsentiert sich das Klima auf diesem Bergrücken. Für Wanderer herrschen ideale Bedingungen. Auch die Tour zur Leadner Alm und weiter zum Vöraner Joch und zur Vöraner Alm weist den typischen landschaftlichen Charakter des Tschögglbergs auf: sanfte Hügel, weit reichende Wiesen und vereinzelt auch Wald. Die Rosshütte, in schöner Lage unterhalb der Vöraner Alm gelegen, sollte nicht unerwähnt bleiben. Die typische Pferderasse der Gegend, der Haflinger, ist hier und am gesamten Tschögglberg zu

Hause.

Die Wanderung von der Leadner Alm bis zur Völaner Alm dauert etwas über zwei Stunden, wobei man hier beim ungeübten Ruhrpottler Emil auch den Mangel an Kondition sehen muss, geübte Berggeher schaffen die Tour bestimmt in eineinhalb Stunden. Unterwegs und dann an der Völaner Alm sind auch immer wieder die lästigen Mountainbiker anzutreffen. Scheinbar hat für einige das gleichmäßige meditative Gehen und Wandern seinen Reiz verloren.

Der Emil setzt sich bei der Völaner Alm auf die Sonnenterrasse und genießt den sonnigen hervorragenden Fernblick bei einem Roten und die Jacky schlabbert wieder Wasser aus einem von der Bedienung gebrachten Schüsselchen. Dann hat der Emil Lust auf einen Apfelstrudel mit viel Sahne und genau so einen gibt es hier auch und den bestellt sich der Emil und die Jacky kriegt zum Trost eine Hand voll Leckerlies aus der im Rucksack mitgebrachten Tüte. Von der Bank fällt heute glücklicherweise keiner trotz allgemein recht reichlichem Weingenuss. Der Wein hier oben auf der Hütte ist also für alle gut

verträglich.
Der Rückweg zur Seilbahnstation
geht deutlich schneller als der
Hinweg denn es geht ja immer
gleichmäßig bergab. Cirka halb fünf
sind der Emil und die Jacky wieder
in Vilpian in der Pension und da
kann die Jacky ihren vollen
Fressnapf und ihren frischen
Wassernapf leerschlabbern und der
Emil trinkt mit dem Erich wieder
ein Glasl Roten und raucht einige
Zigaretten. Außer dem Erich dem
Emil und der Jacky sitzt noch
niemand auf der Terrasse. Es sind
auch etliche heute nach dem
Frühstück wieder heimwärts
gefahren. Leider ist jeder schöne
Urlaub irgendwann zu Ende.

14

Der Commissario Sanin hat die Tage mehrfach angerufen und dem Emil berichtet dass die Spedition Voss einem russischen oligarchen gehört und das die russische Polizei bereits einige Verdächtige festgenommen hätte und auch die Frankfurter Polizei verfolgt mehrere heiße Spuren bei der Deutschen Bank und bei anderen Banken bis hin in die Niederlande und nach Belgien, also sind auch die niederländische und die belgische Polizei jetzt mit involviert.

Es regnet und da denkt sich der Emil er könnte heute ja mal mit der Jacky einige Weinkellereien besuchen und Wein probieren und dann vielleicht auch welchen kaufen. Er beginnt im Nachbarort von Vilpian, in Nals, bei der Kellerei Nals Magreid.

Aus der Homepage der Kellerei:

„Vinothek

Eingebunden in die außergewöhnliche Struktur der Kellerei Nals Margreid, steht unsere Vinothek für den Verkauf und die Degustation unserer Weine offen. Auch hier zeigt sich der Einfluss lebendiger Tradition in Symbiose mit Innovation und Weinkultur. Die historischen Konturen mit Kopfsteinpflastern von 1764, hölzernem Gebälk und Säulen gehen fließend in die erlesene, moderne Ausstattung unserer Vinothek über. In diesem ansprechenden Ambiente lässt sich unser vielfältiges Sortiment besonders angenehm verkosten und erwerben."

Der Emil ist schon öfter nach Sirmian gewandert und bevorzugt einen Weisswein der auch den Namen Sirmian trägt: den Sirmian Pinot Bianco. Der Wein hat eine ausgezeichnete fruchtige Note und der Emil kauft davon einen Karton mit sechs Flaschen.
Weiter geht die Weinreise zum Weingut Josef Brigl in St. Michael/Eppan. Hier möchte der Emil Rotweine probieren. Aus der Homepage der Kellerei:

KLASSIFIZIERUNG: DOP - Denominazione di Origine Protetta

REBSORTE: Blauburgunder (pinot noir)
WEINBERGE und LAGEN: Die Trauben stammen vom Weingut Kreuzbichl in Bozen in einer Höhe von 330 m ü.d.M. mit Südwest-Ausrichtung. Der sandige Moränenboden ist ideal für den Blauburgunder und verleiht ihm Weichheit und Eleganz.

VINIFIKATION UND AUSBAU: Nach dem Entbeeren kommt die Maische in die Stahlfässer, wo die Gärung stattfindet (8-10 Tage). Nach dem Säureabbau erfolgt eine lange Reifung im großen Eichenholzfass und für weitere Monate in der Flasche.

CHARAKTER: Der Blauburgunder ist ein rubinroter Wein mit hohem Gerbstoffanteil, intensivem, ätherischen Geruch nach Waldbeeren und anhaltendem, vollem Geschmack.

EMPFEHLUNG: Am besten schmeckt er zu dunklem Fleisch, Braten, Wild und anderen gehaltvollen Speisen.

SERVIERTEMPERATUR: 17 - 18° C

(einige Zeit vor dem Genuss öffnen oder dekantieren)

HALTBARKEIT: auch für Langzeitlagerung geeignet"

und weiter:

„LAGREIN RISERVA MEISTERLINIE

KLASSIFIZIERUNG: DOP - Denominazione di Origine Protetta

REBSORTE: Lagrein mit Schale durchgegoren

WEINBERGE und LAGEN: Die Trauben stammen von warmen, sandigen Lehmböden um Girlan auf 450 m ü.d.M.

VINIFIKATION und AUSBAU: Nach dem Entbeeren wird die Maische im Edelstahlfass für 8-10 Tage bei kontrollierter Temperatur von 25°C vergoren. Nach dem biologischen Säureabbau erfolgt die Reifung im kleinen (10-12 Monate) und auch großen Holzfass und wird nach weiterer Reifung in der Flasche verkauft.

CHARAKTER: Der Lagrein hat eine rubin- und dunkelgranatrote Farbe, duftet nach Veilchen und Brombeeren, ist voll und samtig im Geschmack mit leicht herben Nuancen.

EMPFEHLUNG: Er wird am besten zu Wild, dunklem Fleisch und Hartkäse genossen.

SERVIERTEMPERATUR: 16 - 18° C

(einige Zeit vor dem Genuss öffnen oder dekantieren)

HALTBARKEIT: auch für Langzeitlagerung geeignet"

Diese Weine, und noch einige andere, probiert der Emil, aber genau von diesen beiden Weinen ist der Emil überzeugt und kauft jeweils einen Karton mit sechs Flaschen. Von St.Michael/Eppan fährt der Emil dann weiter nach Tramin zum Weingut von Elzenbaum. Hier möchte er den Blauburgunder und den Rosenmuskateller, zwei hervorragende Weine, probieren. Aus der Homepage des Weingutes:

„Weingut A. von Elzenbaum – Weingut & Kellerei

Unser Weingut A. von Elzenbaum betreibt als alte Eigenbaukellerei Anbau und Pflege von heimischen Weinen. Zahlreiche Prämierungen bei Wettbewerben reichen nachweislich bis ins Jahr 1886 unter K & K Monarchie zurück.

Naturverbunde Pflege und die Erziehung der Reben auf traditionellem typischem Südtiroler Perglsystem bieten die guten Voraussetzungen für einige unserer Weine. 90

In vergilbten Dokumenten in unserem Familienbesitz, wird schon 1530 der

Gewürztraminer vom „Blasbichl", bei Rungg erwähnt. Es ist dies einer der berühmtesten Riegel als Steillage.

Wir sind bestrebt, den alten Ansitz mit seinen mehr als 400 jährigen Kellergewölben sowie die alte Überlieferung zu pflegen und zu erhalten."

„Südtiroler Blauburgunder DOC:

Ist ein rubinroter Wein mit mittlerem Gerbstoffanteil, intensivem, ätherischem Geruch nach Waldbeeren und anhaltendem, vollem Geschmack.

Empfehlung: am besten schmeckt er zu kräftigen Fleischgerichten und Hartkäse

Serviertemperatur: 16 - 18 °C"

„Südtiroler Rosenmuskateller DOC

Der Rosenmuskateller ist südosteuropäischen Ursprungs, ein feiner, aromatischer, Dessertwein mit intensivem Rosenduft. Sein Aroma ist vollmündig, süß und würzig.

Empfehlung: er wird zu Nachspeisen serviert

Serviertemperatur: 10 - 12 °C"

Der Emil ist vollstens überzeugt
von beiden Weinen und kauft je
einen Karton mit je sechs Flaschen
vom Blauburgunder und vom Rosenmuskateller. Nach einigen Stunden
Weinprobe wird es Zeit für eine
verspätete Mittagspause und da
fährt der Emil mit der Jacky zum
Wieslerhof nach Burgstall. Da oben
kann die Jacky auch ein wenig
rumlaufen und bestimmt gibt es dort
auch für die Jacky einen großen
vollen Fressnapf, das war beim
letzten Mal schon so, und genau so
ist es die Jacky bekommt von der
Cheffin einen großen Napf mit
Fleischresten aus der Küche und
einen zweiten Napf mit frischem
Wasser. Für den Emil gibt es wieder
Blutwurst mit Kraut und Speckknödel
und dazu einen roten Eigenbauwein
(aus dem Holzfass).

Inzwischen hat auch der Commissario
Sanin schon zweimal angerufen: Es
gibt interessante Neuigkeiten,
heute hat er keine Zeit mehr aber
der Emil soll doch morgen mal ins
Präsidium nach Bozen kommen, was
der Emil ihm natürlich sofort
zugesagt hat. Nach dem Essen fahren

der Emil und die Jacky zurück zur Pension. Es ist schon wieder kurz nach vier. Der Erich und die Johanna begrüßen sie freundlich und der Erich bietet dem Emil gleich ein Glasl Roten an, selbst trinkt er auch einen und die Johanna trinkt einen Apfelsaft. Da die Johanna auch wie der Emil Raucherin ist bleibt sie eine Weile mit auf der Terrasse sitzen. Sonst sind noch keine weiteren Gäste von ihren Tagesausflügen zurückgekehrt und dann wird es auch bald wieder dunkel und Zeit sich ein Restaurant für das Abendessen zu suchen. Der Emil geht heute mit der Jacky, nachdem sie ihren Abendfressnapf leergefressen hat, zur Pizzeria in Vilpian. Der Waldinger hat heute Ruhetag.

15

Jetzt pass auf. Der Emil hat nach dem Frühstück den Commissario Sanin in Bozen besucht und der hat einige Neuigkeiten. Einer der beiden verhafteten Russen hat nun doch einige Vöglein rausgelassen nachdem man ihm im Rahmen der Kronzeugenregelung weitgehende Straffreiheit zugesichert hat. Also die beiden Banker: Die haben mit der Polizei, quasi als verdeckte Ermittler, zusammengearbeitet, es ging um Kokain und Schwarzgeld. Und da hat der Russe wie ein Zeiserl gesungen dass in der Deutschen Bank in Frankfurt zwei Topmanager mit in die Schwarzgeldgeschäfte verwickelt sind und wie sie heißen hat er auch verraten und dass die Contessa und der Joe auch in die Kokain- und die Schwarzgeldgeschäfte verwickelt sind hat er auch verraten und dass das Weingut bei Kaltern auch in die Kokaingeschäfte verwickelt ist, quasi Kokainumschlagplatz für die Weiterverteilung in Europa, hat er auch verraten und dass die

Spedition Voss von einem Maffiaboss geleitet wird hat er auch verraten, und dann brauchte der Commissario Sanin nur noch mit seinen Kollegen in Frankfurt abstimmen dass die Haftbefehle in Bozen und in Frankfurt ausgestellt werden und schon konnte die Verhaftungswelle beginnen, und die Russen hatten schon den Oligarchen und einige seiner Crew verhaftet, und dann stellt sich nur noch die Frage wo die Dollar und die über eine Tonne Gold aus der alten Villa in Meran geblieben sind und die Frage hat einer der verhafteten Manager der Deutschen Bank in Frankfurt gegen Zusicherung von Strafminderung dann auch beantwortet. Die Zentner von Dollar, etwa 450 Millionen, sind im Tresor der Deutschen Bank und da wurden sie von der Frankfurter Polizei dann auch bereits sichergestellt und die eineinhalb Tonnen Gold liegen in Amsterdam, gut in Kisten verpackt damit keiner Verdacht schöpft, in einer unscheinbaren Lagerhalle der Spedition Voss aus Frankfurt. So. Und damit hat der Emil seine Story und dann kann er nachdem er wieder nach Essen heimgereist ist, und das ist ja schon morgen, für die Zeitung die Maffiastory schreiben. Die Carabinieri sind dann zum Weingut bei Kaltern gefahren und haben die Cheffin des Weingutes verhaftet und nach Meran sind sie gefahren und haben die Gräfin und den Joe verhaftet und noch jede Menge kleinerer Mitläufer aus der Umgebung von Bozen haben sie verhaftet und die Polizei in Frankfurt hat auch jede Menge Drahtzieher und Mitläufer verhaftet und die Niederländische Polizei hat das Gold sichergestellt, alles war noch da, und und und...

Der Emil trinkt mit dem Commissario Sanin in einem Cafe´ um die Ecke noch einen Espresso und dann verabschieden sich der Emil und der Commissario Sanin voneinander, bedanken sich für die gute Zusammenarbeit und für die wichtigen Informationen, und verabreden dass sie sich im kommenden Jahr wieder sehen und der Commissario sichert dem Emil zu dass er ihn über die weiteren Ermittlungen in Bozen bei der Zeitung in Essen auf dem Laufenden hält. Der Emil fährt danach zurück zur Pension.

Letzter Urlaubstag. Morgen ist Abreise. Der Emil fährt mit der Jacky, nach einem Schwätzchen mit dem Erich, noch mit der Seilbahn von Vilpian hoch und macht die kleine Wanderung nach Mölten. Dort kehren sie zum Mittagessen in einem Wirtshaus ein und genießen auf der sonnigen Terrasse das Herbstlicht über Südtirol...

Epilog

Abreisen ist immer mit einer Portion Wehmut verbunden. Die anderen Pensionsgäste sind ja in den letzten Tagen so nach und nach alle abgereist und einige wenige neue Gäste kommen erst übermorgen. Der Emil sortiert seine Gefühle und Gedanken beim wie immer opulenten Frühstück und die Jacky hat ihren Fressnapf schon leergeschlabbert. Die nanokleinen außerirdischen Veganossi sind auch verschwunden und so ist der Emil am Abreisetag wieder ganz der Emil und die Jacky ist am Abreisetag wieder ganz der schlaue Hund Jacky. Es sind die verschiedenen Eindrücke die nur im Herbstlicht über Südtirol entstehen können die man mit nach Hause nimmt. Natürlich nimmt man auch einige Kartons mit ausgezeichnetem Wein mit, quasi das eingefangene Licht mit Geschmack in Flaschen, und so hält dann zu Hause bei einem guten Tropfen aus Südtirol das

Urlaubsgefühl jedes Mal noch ein bischen an. Es folgt nach dem Frühstück, nach dem Beladen des alten A3, die herzliche Verabschiedung von der Johanna und vom Erich, dann springt der Hund auf die Rückbank des alten Audi A3, und dann fährt der Emil mit der Jacky vom Hof der Pension in Vilpian, aus dem Ort heraus Richtung Autobahnauffahrt, und ab der Fahrt auf der Autobahn kommt das Gefühl auf: Heimfahrt. Die südlichen Bilder neben der Autobahn, etwa bis Franzensfeste, bevor diese dann spürbar ab Sterzing in alpine Bilder übergehen, nehmen auf der Rückfahrt durch Südtirol Richtung Brenner ein bischen von der Wehmut der Rückreise.

FSC
www.fsc.org

MIX

Papier aus ver-
antwortungsvollen
Quellen
Paper from
responsible sources

FSC® C105338